AF435382

# Inébranlable

*

Adélaïde :
Tome X

*

Philippe Rosenberger

*« Merci à Lucile Soudier de m'avoir donné sans le savoir l'idée de ce tome alors qu'elle s'étonnait du nombre de Reines existantes tandis qu'on mangeait une salade de tomates. »*

Personnages :


*Le Club des Damnés*


Le Club des Damnés a été reconstruit ailleurs ! Découvrant avec joie neuf mois après l'incendie que Phileas avait investi la cathédrale abandonnée, les membres tout aussi bien que les Reines furent informés de sa réouverture. Le nouveau lieu, consacré et immense, fit tout d'abord regretter le précédent. Mais avec le temps et des aménagements continus, le mystère reprit de plus belle. Rien n'avait changé donc, si ce n'est un nouveau décor et une nouvelle magie des plus enivrantes.


*Adélaïde*


Adélaïde était une jeune étudiante comme les autres jusqu'à ce qu'elle réponde à une annonce et rejoigne le Club des Damnés. Après des débuts difficiles, de la peine et de la tristesse, elle devint néanmoins sous le nom de Méphala l'une des Reines les plus épanouies et les plus appréciées par ses consœurs et par les Cavaliers. Elle fut également l'une des plus sollicitées par les membres. Le Club lui apporta beaucoup. De la confiance en elle, un épanouissement sexuel, mais aussi et surtout l'amour en la personne de son directeur, Phileas, dont elle tomba éperdument amoureuse. Après la construction du second club, Phileas et elle se revirent et elle tomba enceinte. Dans le même laps de temps, elle découvrit qu'il était agent secret, et finit par le rejoindre au sein du *Service*. À la mort de *D*, la directrice, elle en devint la cheffe avant de finalement accoucher de ses premiers enfants, des jumeaux ; Adrien et Jean. Mais en représailles de ses ingérences dans leurs affaires, l'*Organisation* fit enlever les nourrissons, et depuis Adélaïde, Phileas, et le *Service* les recherchent activement. Remontant la trace de leur chef ils pensèrent arriver au bout de leur peine, mais malheureusement ils ne les retrouvèrent pas. Ils ne surent même pas qu'ils les avaient manqués seulement d'une heure. Tout cela affecta grandement Adélaïde, qui déprima de plus en plus. Un soir totalement déboussolée elle alla même jusqu'à se faire tatouer, et plus tard, quand Phileas fut obligé d'aider la C.I.A. à appréhender un tueur en série, elle se résolut à le quitter pour retourner à sa vie d'avant. Elle s'apprêtait à le faire lorsqu'elle découvrit qu'il l'aimait toujours autant, bien qu'il ne lui montrait pas assez à son goût. Décidée depuis à rester, et plus déterminée que jamais à retrouver ses enfants, elle se bat constamment dans ce but.


### *Phileas*

Personnage obscur appelé Phileas ou Léopold, simple mais intrigant, il est à l'origine du Club des Damnés, bien que personne ne sache vraiment ni quand ni comment il l'a créé. Les rumeurs et les légendes circulant à son propos sont légions, et il serait pour certains un personnage séculaire, un envoyé du diable ou n'importe quoi qui pourrait justifier son influence. La vérité est pourtant toute autre, car Phileas est en réalité un multimilliardaire qui a notamment réactivé un vieux service secret chargé de stopper des menaces échappant à la justice. Mais il s'évertue surtout à démanteler une *Organisation* aussi dangereuse que mystérieuse. Après s'être fait tirer dessus, il apprit qu'Adélaïde, qu'il aimait et qui avait découvert son secret, avait été nommée agente secrète par *D*. Pour la protéger et la retirer du terrain, il la désigna pour la remplacer quand cette dernière mourut.

Par la suite, quelques mois plus tard Adélaïde et lui durent faire alors face ensemble à l'enlèvement de leurs enfants, événement qui le traumatisa tout autant que sa femme, et qui les marque encore.

Enfin, dernièrement, l'homme du club vécut de nouveau une épreuve tout aussi difficile. Appréhendé par la C.I.A, celle-ci lui demanda dans un dernier espoir de les aider à arrêter un tueur en série sévissant à travers tout le pays. S'acquittant avec brio de sa mission, Phileas accepta cette tâche éprouvante. Mais il découvrit au cours de son enquête certains odieux secrets de l'agence et qu'ils essayaient de le capturer. Leur ayant échappé de justesse il estima dès lors que le *Service* et le Club des Damnés n'étaient plus assez efficaces face à leurs ennemis et aux hommes de loi. Il eut alors une révélation, un dénominatif ; *les Artificiers*.

S'isolant, il passa dès lors plusieurs mois à créer à l'insu de ses proches ce nouveau service secret, basé sur la peur, l'intimidation et la manipulation.

*Chloé*

Première Reine qu'elle ait rencontrée, Chloé est devenue la meilleure amie d'Adélaïde.

Les deux femmes se sont quasiment tout de suite attachées l'une à l'autre et sont depuis deux amies complices et solidaires. Leur histoire ne s'arrête cependant pas qu'à leur amitié sans faille. En effet entraînées par la tension sexuelle qui régnait constamment au Club des Damnés, elles sont devenues à plusieurs occasions amantes avant qu'Adélaïde ne sorte avec Phileas, tissant entre elles un lien qui ne s'effilera jamais. Reine d'Or du Club, Chloé est une alliée fidèle et une figure de proue pour les Damnés. Les cheveux d'un blond caramel et le visage angélique, elle est une femme agréable et chaleureuse ouverte aux nouvelles amitiés et qui n'aime pas se prendre la tête pour un rien.

Dernièrement, suite à une nuit en tous points particulière, les rapports entre Chloé et Adélaïde devinrent de nouveau d'ordre intime. En effet Phileas et celle-ci décidant de croquer la vie à pleines dents après le rapt de leurs enfants, invitèrent leur amie et une de leur collègue, Bella, à venir passer la nuit avec eux. Entretenant depuis ce jour une étrange liaison à quatre, les trois jeunes femmes et le maître des Reines se considèrent désormais comme amants et se voient régulièrement.


*Jean*

Jean, seconde Reine Rouge ou Reine de Sang du Club des Damnés était la meilleure amie de Chloé et d'Adélaïde.

Tuée par l'*Organisation* que combat Phileas, celui-ci garda sa mort secrète jusqu'à ce que la vérité éclate d'elle-même. Personne ne sait vraiment quel lien les unissait, mais Jean restera dans le cœur des Reines et des Cavaliers comme une amie très chère perdue trop tôt.


## *Wanda*

Wanda est la fille ainée de Phileas. Italienne fière et arrogante aux premiers abords, elle est en réalité une jeune femme déboussolée vivant difficilement sa situation. Sa mère étant morte très tôt, elle vécut seule avec son père et appréhendait mal, malgré son confort luxurieux, sa fausse vie de conte italien et surtout ses absences à répétitions. Elle alla jusqu'à créer des tensions avec Adélaïde avant de finalement faire la paix avec elle-même et son père, et d'accepter sa vie d'agent secret telle qu'elle était. Chagrinée par la disparition de son petit frère et de sa petite sœur, Wanda décida d'intégrer le *Service* contre la volonté de son père, et entreprit des entraînements plus poussés avec ses agents.

Récemment elle apprit que Jarod, un jeune homme dont elle était tombée amoureuse, était toujours vivant. Le retrouvant en Allemagne, elle vit désormais le parfait amour avec lui.


## *Alfred*

Cavalier confident d'Adélaïde, Alfred est un ancien agent de la DGSE, serviable, poli, loyal et toujours là pour prêter main-forte. Considéré par beaucoup comme le chef des

Cavaliers, il est officieusement le bras droit de Phileas. C'est aussi lui qui a poussé Adélaïde à lui déclarer sa flamme. Après qu'elle ait découvert des mois plus tard la vraie nature de ses activités, elle apprit la nature de leur lien : Alfred est le père de Phileas, et par conséquent le grand-père de Wanda, d'Adrien et de Jean. Comme tout le monde, très touché par l'enlèvement des jumeaux, il s'est montré très actif dans leurs recherches, allant même jusqu'à recontacter ses anciens collègues des services secrets français.

### *Jean & Adrien*

Jumeaux d'Adélaïde et Phileas, Jean et Adrien ont été enlevés à la demeure familiale de Bretignolles-sur-Mer. D'abord cachés par leurs ravisseurs pendant plus d'un mois, ils ont ensuite été remis à l'*Organisation* qui avait payé pour le rapt. Phileas et Adélaïde furent très marqués par cet événement, car en plus de la peine et de l'incertitude concernant leurs enfants, ils étaient à deux doigts de les sauver, d'abord le jour de l'enlèvement, puis quand la transaction entre les ravisseurs et l'*Organisation* eut lieu, et enfin lors de leur attaque contre la demeure de Dru. Toujours déterminés à les retrouver, amers et revanchards, les deux parents remuent ciel et terre pour les retrouver.

*Les Reines*

Les Reines du Club des Damnés sont des créatures de rêves dans un lieu propice aux plaisirs et aux mystères. Chacune unique, chacune délicieuse, chacune pouvant être conquise... mais aucune acquise. Depuis la création du Club des Rodiers, le nombre de Reines n'a fait qu'évoluer. Bien qu'il n'y ait jamais eu à ce jour un seul instant où toutes furent réunies au club, il est rare que le nombre d'actives soit inférieur à une vingtaine. Il y a donc à chaque instant passé dans les lieux de délices, autant de visages que de désirs. Exotisme, fraîcheur, maturité… Il y a une Reine pour chaque goût.

*Les Cavaliers*

Vous désirez un verre ? Une collation chaude ou froide, une soupe de chocolat, un bouillon de légumes ? Vous aimeriez rejoindre une Reine dans une loge ou une salle de bain ? Vous vous êtes perdus dans les méandres du Club ? Demandez votre chemin, demandez un renseignement. Ces hommes en redingotes toujours serviables, toujours là, sont vos plus fidèles amis. Mais n'oubliez pas, un mot de leur part à l'oreille de ces dames et vous serez châtié.

*Le Service*

Le *Service* est un organisme secret agissant sans reconnaissance officielle et chargé d'appréhender ou à défaut d'éliminer toutes personnes échappant à la justice.

Son fondement est basé sur la légitimité et non la loi, dans un souci de faire respecter les droits de l'Homme. Totalement officieux, il est la réincarnation du *Syndicat*, un groupuscule créé dans les années 40 et réunissant des représentants de chaque nation, de chaque ethnie, de chaque religion et des deux sexes. Utopistes, ces gens voulaient créer un monde meilleur et plus juste, mais au lendemain de la Seconde Guerre mondiale, se rendant compte que l'argent avait gangrené le monde et que les gouvernements ne se souciaient plus de leurs citoyens, ils décidèrent que la seule façon de rendre le monde un tant soit peu plus juste était de mettre hors d'état de nuire les gens échappant au système pénal officiel. De rêveurs, ils étaient devenus des agents secrets impitoyables.

### *Bella*

Bella est l'agente *Quatre* du *Service*, autorisée tout comme Phileas à tuer. Apparue d'abord aux yeux d'Adélaïde comme une rivale, la jolie brune ayant eu une aventure en mission avec le maître des Reines des années plus tôt, elle finit par devenir une collègue qu'elle respecte grandement.
Peu de temps après l'enlèvement des jumeaux, Bella devint un personnage prépondérant dans la vie des deux parents pour avoir participé avec eux à la mission *Margate*, des plus macabres.
C'est également au cours de cette mission qu'Adélaïde chercha du réconfort auprès d'elle, les rapprochant intimement. Toutefois gênée de ce dernier point la jeune femme marqua ses distances avec Phileas et elle, avant de

finalement devenir leur amante quelque temps plus tard, trouvant apparemment le bonheur dans cette relation.

Malheureusement elle joua de malchance. Lors de l'attaque visant à appréhender le chef de l'*Organisation* et à récupérer Jean et Adrien, elle fut irrémédiablement défigurée. Son bras droit et toute une partie de son visage brûlés, Bella est encore à ce jour traumatisée par cela, bien que ses amis aient réussi à lui redonner confiance en elle.


## D

*D* est l'ancienne cheffe du *Service*. Femme de caractère âgée d'une soixantaine d'années, elle voyait d'abord l'arrivée d'Adélaïde dans la vie de Phileas d'un mauvais œil, mais au fil du temps elle se montra plus douce. Lorsque Phileas se fit tirer dessus et oscilla entre la vie et la mort, elle intervint pour arrêter Adélaïde qui avait tué son agresseur, puis la nomma membre du *Service*. *D* fut abattue sous les yeux de Phileas quelque temps plus tard par le chef de l'*Organisation*.


### Billy Daniels

L'agent Daniels du *Service* fut l'assistant de *D* durant les cinq dernières années de sa vie, puis est devenu à sa mort celui d'Adélaïde. Fidèle, observateur, et dévoué corps et âme à la tâche, il est un allié essentiel des deux parents, car il fait la liaison avec tous les agents dispatchés à travers le monde. Billy est un agent de bureau. Il n'aime pas particulièrement aller sur le terrain, et la seule fois où il le fit, sur la demande d'Adélaïde, cela fut tragique. Participant à l'enquête sur le docteur Sandre, supposé membre de l'*Organisation*, il se lia instantanément d'amitié avec une jeune Anglaise nommée Maggie, mais eut l'horreur le soir même de découvrir avec les autres que le fameux docteur la leur avait servie en repas. Daniels fut le seul à avoir commencé à en manger… Profondément choqué par cette affaire, où de vengeance il martela de coups Sandre, il sombra peu à peu dans la déprime. Quelque temps plus tard en dépit de sa peine il regagna malgré tout son poste, encore plus décidé à arrêter l'*Organisation*.


## *L'Organisation*

L'*Organisation*, appelée ainsi par le *Service* mais nommée par ses membres *D.N.C.* ou *Fantôme,* fut découverte lors de la mort de Jean. Personne ne sait vraiment grand-chose sur elle, si ce n'est qu'il s'agit d'un groupement organisé et bien plus dangereux que n'importe quelle organisation du crime. Après s'être rendu compte qu'elle avait infiltré la plupart des gouvernements et des services secrets, le *Service* a fait sa priorité numéro une d'arrêter ses exactions… et en représailles, elle a enlevé les enfants d'Adélaïde et Phileas.
À ce jour les deux parents ont démantelé bon nombre de ses infrastructures dans l'espoir de retrouver les jumeaux et de la rayer de la carte.

## *Le Docteur Dru*

Ce personnage était pendant longtemps inconnu de tous…
Mais alors qu'Adélaïde et Phileas croyaient toutes les pistes
perdues concernant leurs enfants, un agent du *Service* basé
en Italie leur fit parvenir une information capitale, un
simple nom qui leur en apprit beaucoup : le docteur Eugène
Timothy Dru était le chef de l'*Organisation*.
Cherchant dès lors sans relâche des informations à son
propos, ils remontèrent avec difficulté sa piste, apprenant
même avec stupeur qu'il était à l'université avec *D*, là où il
l'a connue. Finalement lors d'une attaque sur sa demeure et
l'une de ses bases, Phileas finit par abattre Dru. L'homme
du club agit de la sorte, car il savait pertinemment qu'il ne
révélerait jamais où étaient ses enfants et que l'entreprise
qu'il avait bâtie perdurerait quand même.
Mais ce que Phileas ignorait c'est qu'il s'agissait en réalité
d'un sosie. À l'insu du *Service* le docteur Dru est donc
toujours vivant et dirige toujours l'*Organisation*.

# Prélude

— Un'Aston Martin grigia inseguita da quattro subaru nere.
Sembra la macchina del conte. Provo a raggiungerli ![1]
Le policier regarda les cinq voitures disparaître derrière la
colline en vrombissant et jeta son talkie-walkie sur le siège
passager. Sa voiture n'était pas assez puissante pour espérer
les rattraper mais il essayerait quand même. Sirène
enclenchée, il démarra en trombe.

Installé dans l'Aston Martin huit cents mètres en avant,
Phileas passa la cinquième une fois sorti du virage et
accéléra autant que possible. Le moteur faisait un bruit du
tonnerre et ses quatre poursuivants tenaient toujours
l'allure. Ils finiraient par le rattraper, c'était certain.
L'homme du club s'irrita. Il doubla une voiture et fit crier le
moteur en accélérant encore.

— Vous êtes fou, vous le savez ? vociféra l'agente Zanoli,
accrochée à son siège, paniquée.

— Selina, la paix ! Un peu de courage ! lui répondit Phileas
en conduisant comme un forcené.

— Je suis agent secret au *Service,* pas une mordue de rallye
de la mort !

— Eh bien vous devriez !

---

[1] « Une Aston Martin grise poursuivie par quatre Subaru noires ! On
dirait la voiture du conte, je vais essayer de les rattraper ! »

Phileas doubla deux nouvelles voitures mais les quatre Subaru n'en démordirent toujours pas et le rattrapèrent encore un peu plus. Il slaloma entre les voies et les voitures pour tenter de gagner du terrain. Cela avait commencé simplement pourtant. Il enquêtait sur la demande de l'agente Zanoli, et avait découvert un entrepôt par où transitait une cargaison de drogue prête à partir par bateau vers l'Amérique. Il avait bien sûr tout fait sauter, mais cela avait attiré l'attention et la colère des propriétaires des lieux. Et de leur chef. Bon sang, comment était-ce possible ? Phileas était chamboulé. Il ne croyait toujours pas ce que ses yeux avaient vu.

L'homme du club regarda dans son rétroviseur externe, qui sauta sous l'impact de balles.

— Couchez-vous ! hurla-t-il.

Phileas prit la tête de l'agente Zanoli et l'abaissa sur ses genoux pour la protéger.

— Je croyais que vos vitres étaient pare-balles ! annonça effrayée l'agente Zanoli, novice de ces choses-là.

— Cela ne va pas les empêcher de tirer, et encore moins d'essayer du gros !

Phileas joua des pédales dans un autre virage et ne put s'empêcher d'avoir un sentiment de déjà-vu. Accélérant avec plus de pêche que les grosses japonaises, il gagna toutefois assez de terrain pour pouvoir réfléchir au meilleur moyen de les arrêter avant qu'ils ne réussissent à les tuer. Il n'avait aucune arme lourde avec lui, mais il avait quelques grenades. Cela se passerait donc ainsi, comme il n'arriverait pas à les stopper pour les interroger, il les tuerait le premier ! Pris par le temps, il la jouerait toutefois sans subtilité. Connaissant bien la route, il attendit un peu moins d'un kilomètre que la voie soit parfaitement rectiligne sur une longue distance. Arrivé là il mit de la distance entre lui, ses poursuivants, et les autres voitures. Quand ce fut fait et que ses ennemis l'eurent rattrapé, il freina alors comme un damné et se retrouva en quelques secondes loin derrière eux.

Puis il réaccéléra.

Le temps que les conducteurs fassent demi-tour ou reprennent simplement le contrôle de leurs engins, Phileas était devenu le chasseur et sortit son Walther P99.

— Vous savez viser ? demanda-t-il à sa collègue.

— Entre toute autre chose, j'ai appris à me servir d'une…

— La ferme ! Prenez votre arme et tirez !

L'agente Zanoli s'offusqua de ses paroles mais prit son arme et s'exécuta. Elle ouvrit sa fenêtre et commença à tirer dans les pneus des voitures de leurs ennemis.

— *« Incomming Transmission from Méphala »,* annonça l'ordinateur de bord de la voiture.

— J'n'ai pas le temps *M* ! lança Phileas.

Il coupa la communication et tira à son tour par sa fenêtre. Ils utilisèrent leurs deux chargeurs au complet mais ils réussirent à crever deux roues, une pour deux des Subaru, qui perdirent du coup le contrôle de leurs directions. C'était un plan foireux, mais ils n'avaient que ça, et il fallait qu'ils finissent avant la fin de la ligne droite.

— Prenez ces deux grenades à détonation là, dans la boîte à gants ! lui demanda-t-il en désignant les deux sphères argentées de la taille de boules de pétanque.

Zanoli s'exécuta et les lui tendit. Phileas les prit alors en main, la jeune femme attrapant affolée le volant pour maintenir la voiture droite, et sans regarder la route, il appuya dessus pour les armer. Saisissant son portable dans une poche de son costume, il donna ensuite une grenade à sa collègue pour qu'elle l'envoie en même temps que lui.

— Prête ? demanda-t-il.

— Oui ! répondit Zanoli.

— Go !

Phileas et l'agente Zanoli envoyèrent leurs grenades en passant devant les deux voitures aux pneus crevés. Appuyant sur son téléphone, il les fit ensuite exploser. L'Aston Martin fut un peu secouée et l'odeur de caoutchouc brûlé fut horrible, mais cela mit définitivement les deux voitures hors de course.

— Plus que deux ! s'exclama Phileas.

— Vous êtes fou ! haleta l'agente Zanoli.

Le maître des Reines se dirigea à toute vitesse en direction de la troisième voiture. Il accéléra de plus belle sans jamais dévier.

— Mais vous allez nous tuer ! s'écria Zanoli.

Phileas ne répondit pas. Les deux voitures foncèrent toujours l'une vers l'autre à toute allure. La mort était inévitable, la collision ne leur laisserait aucune chance.

— Bon Dieu, on va mourir ! s'affola la jeune femme.

L'Aston Martin continua de rouler tout droit en direction de la Subaru, sans jamais fléchir, quand son pilote finit par perdre courage ! Il dévia au dernier moment pour ne pas mourir et ne contrôlant plus son véhicule il quitta la route en criant pour finir sa course trois-cents mètres plus bas.

— Et plus qu'un ! s'exclama Phileas alors que sa collègue respirait fortement pour tenter de se remettre de ces émotions fortes. Rechargez ! Vite !

L'agente Zanoli obtempéra coûte que coûte.

— C'est fait !

Rejouant des vitesses, l'homme du club se dirigea alors enfin vers la dernière voiture, celle où se trouvait le chef, la voiture dont le conducteur plein d'assurance était resté en retrait pendant qu'il s'occupait des autres. Elle se dirigeait vers eux, les gaz à pleine puissance… Phileas ne chercha pas à tester son mental. Celui-là avait plus de cran que le précédent, il ne dévierait pas.

Les deux voitures s'approchèrent dangereusement l'une de l'autre, accélérant toujours… mais Phileas braqua au dernier moment. Saisissant son arme, il tira à travers la vitre ouverte en direction de son ennemi. Il n'eut même pas besoin de le toucher. Le pare-brise vola en éclats, le déstabilisant bien assez pour qu'il perde le contrôle de la voiture et ne termine sa course en bas de la montagne dans un fracas de métal, de cris et de verre brisé.

— Et voilà ! s'écria Phileas victorieux.

— Bon Dieu, on a réussi ! On est vivant ! se surprit Zanoli.

— Bien sûr qu'on l'est !

La jeune femme vérifia de la main chaque partie de son corps, heureuse, n'y croyant pas, soulagée d'être en vie et entière. Puis elle frappa Phileas de toutes ses forces.

— Vous êtes un malade ! On a failli mourir ! lui hurla-t-elle dessus.

Phileas reçut trois gifles en pleine figure avant de réussir à attraper sa main en vol et de la maintenir.

— Calmez-vous !

Il relâcha sa main et freina. Mettant son clignotant, il se gara sur la bande d'arrêt d'urgence. Il défit ensuite sa ceinture, soucieux. L'adrénaline était redescendue et il repensait à ce qu'il avait vu.

— Venez, dit-il.

Il sortit de l'Aston Martin et se dirigea vers le précipice pour regarder en bas. L'agente Zanoli détacha sa ceinture et le rejoignit en silence.

— Qu'y a-t-il ? Qui était dans cette voiture ? Pourquoi vous avez pâli en voyant le passager arrière à l'entrepôt ? demanda-t-elle, se souvenant de sa peur panique.

Phileas ne regarda pas sa collègue. Pourtant, sa tenue était sublime. Sa robe rouge très légère se fermait sur le devant comme un peignoir et était très près du corps, suggérant clairement l'absence de soutien-gorge et un string noir. Mais Phileas ne la regarda pas. Il fixait des yeux les voitures en feu en bas de la montagne, sous la colonne de fumée, comme pour faire plus encore rôtir ses occupants.

— Parce que c'était Dru, le chef de l'*Organisation*, et que je l'ai déjà tué une fois.

I



*13 novembre*

Ambre se gara devant chez elle et coupa le moteur. Sortant de sa voiture, elle rentra chez elle épuisée et referma à clé derrière elle. Déposant son trousseau dans le panier, elle retira sa veste, enleva ses chaussures et respira de soulagement d'avoir enfin les orteils libres. Cela faisait un bien fou. Elle se massa légèrement la plante des pieds et déshydratée, elle se rendit dans la cuisine prendre un verre d'eau qu'elle avala d'une traite.

Se sentant dès lors mieux, Ambre se dirigea vers la chambre de Marie.

— Elle dort, annonça une voix.

Ambre s'arrêta dans le couloir et soupira. Elle ferma les yeux de dépit.

— Depuis longtemps ? demanda-t-elle.

— Elle s'est endormie vers vingt-et-une heures.

Ambre se rendit au salon et embrassa son époux sur la bouche.

— Salut chéri.

— Tu sais, tu ne verras pas ta fille grandir à ce train-là, la sermonna-t-il.

Ambre s'irrita.

— Tu crois que je ne le sais pas ? Que je n'en ai pas marre de faire des heures supplémentaires ? se défendit-elle.

— Tu pourrais dire non.

— Tu crois que…

— Il est une heure du matin ! l'interrompit virulent son mari, ce n'est pas une vie !

— Je sais !

L'époux se leva de son fauteuil et regarda par la fenêtre, hésitant, fatigué. La colère retomba toutefois. Il ne voulait pas se battre.

— Écoute, John… je sais que mon travail bouffe tout mon temps, et que je ne suis pas assez avec Marie et toi mais…
John se retourna vers elle, ferme, las.

— J'en ai assez Ambre, je suis fatigué de devoir t'attendre… Et ta fille ne voit pas sa mère… elle m'a demandé toute la soirée quand tu rentrais et as pleuré de ne pas avoir eu son bisou avant de dormir. Alors fais ton choix, ou je le ferais à ta place.
Sans un autre mot, il sortit du salon et partit s'enfermer dans la chambre d'ami pour dormir seul.

— Bien… merci.

Ambre soupira, abattue. Elle ne voulait pas se battre non plus, elle ne voulait pas les perdre, et elle aurait plutôt bien eu besoin d'un câlin après cette longue journée.
Elle soupira une nouvelle fois de dépit et se rendit dans la cuisine. Réchauffant le reste du repas au micro-onde, elle mangea son assiette avec un verre de vin, puis partit prendre sa douche.

— Ce travail va me tuer… J'étais mieux au Club toutes ces années.

Installée sous le puissant jet d'eau chaude, Ambre se shampouina les cheveux, se savonna rapidement et se rinça. S'essuyant ensuite en sortant, elle enfila son peignoir et commença à se brosser les dents. Elle repensa aux autres, à celles qui étaient restées et aux nouvelles, à Phileas…

qu'étaient-ils tous devenus ? Était-elle la seule à avoir arrêté pour fonder une famille ? Cela remontait à si longtemps...
La dernière fois qu'elle avait eu des nouvelles, ils avaient recruté la 47ᵉ Reine... Bon sang, elle était si âgée maintenant, cela remontait à tellement longtemps, elle qui était la 6ᵉ.
Ambre se rinça la bouche et rangea sa brosse à dents.
— Tout ça, c'est terminé ma chérie, se le rappela-t-elle dans le miroir. Tu as trente-neuf ans maintenant, tu es cadre, et tu es maman.
Fatiguée, elle éteignit la lumière de la salle de bain, et se rendit jusqu'à la chambre de sa fille pour en ouvrir doucement la porte. Calmement, elle s'avança vers le lit à barreaux et regarda Marie dormir. Elle avait sept ans. Dieu que le temps passait vite, Dieu qu'elle avait grandi. Et chaque jour elle la voyait de moins en moins...
Ambre regarda Marie avec sourire, et passa sa main sur sa joue.
— Mon trésor... je t'aime, chuchota-t-elle.
Elle lui caressa le visage, heureuse et comblée, le sourire aux lèvres, sa fille profondément endormie.
Mais quelque chose clochait.
Ambre regarda Marie dans la pénombre, et plus elle la fixait, plus sa fille lui semblait dormir étrangement, de manière bizarre. Serait-elle malade ? John ne le lui avait pas dit.
Les paupières lourdes, l'ancienne Reine chassa toutefois rapidement cette pensée de sa tête et l'embrassa sur le front en lui caressant les cheveux. Elle était un peu froide en effet, elle devait être malade. Elle tira la couverture sur elle.
Ressortant de la chambre, Ambre referma la porte et éteignit la lumière du couloir en allant vers la chambre à

coucher. Quand elle le vit. Du sang rouge et sombre sur le bout de ses doigts. Son cœur fit un bon.

— MARIE ! hurla-t-elle.

Elle accourut vers la chambre de sa fille et alluma. Dans le lit elle vit alors sa fille étendue les yeux fermées, l'oreiller sous ses cheveux était rouge de sang. Son sang.

— MARIE ! s'écria-t-elle encore.

Elle se précipita vers elle et la prit dans ses bras.

— NON MON AMOUR ! NON !

Ambre serra sa fille contre elle. Le cœur battant, les larmes aux yeux, elle s'époumona en criant le nom de sa fille. Elle était morte. Sa petite fille adorée, le soleil de sa vie, elle était morte…

Ambre courut avec sa fille jusqu'à la porte de la chambre d'ami et frappa comme une folle à la porte.

— JOHN ! JOHN !

Elle essaya d'ouvrir la porte mais elle était bloquée, fermée à clé.

— JOHN ! JOHN ! OUVRE-MOI !

Ambre vit soudain du sang au sol, coulant lentement de sous la porte. Il était rouge, abondant et effrayant.

Ambre regarda droit devant elle, sa petite fille sans vie dans les bras, comme figée dans l'instant, réalisant l'échéance, réalisant la situation. Une ombre dans le coin de son œil bougea. Elle tourna la tête vers le couloir. L'individu en arriva rapidement, entièrement vêtu de noir, un couteau à la main.

Le sang éclaboussa les murs blancs et les photos de famille, mettant fin à sa vie sans même un cri.

II



*15 novembre*

Phileas posa son rapport officiel et détaillé sur le bureau et s'installa dans un des fauteuils.

— Ton avis ? demanda Adélaïde sans même le consulter.

— Tu veux mon avis ? En tant qu'agent, qu'époux, que père, qu'homme ayant tiré une balle dans la tête de ce fils de pute, puis des mois plus tard en lui ayant fait faire trois-cent-trente mètres de chute libre par-delà une barrière de sécurité ?

Adélaïde regarda son mari et fit la moue en se calant au fond de son siège.

— Tu as tes règles ? lui demanda-t-elle sarcastique.

Phileas balança de la tête en regardant le mobilier du bureau.

— La seule conclusion possible, vu qu'il n'avait pas de jumeau, c'est que j'ai tué un sosie, s'exclama-t-il.

— C'est évident… Nous rouvrons donc le dossier Dru. Je vais prévenir Céline, elle sera transportée de joie.

— Retour à la case départ.

Adélaïde réajusta ses lunettes sur son nez et croisa les bras. Se penchant en avant, elle le regarda dans les yeux.

— Qui te dit que ce n'est pas l'original, le vrai que tu as effectivement tué chez Skylight il y a un an ?

Phileas regarda dans le vide.

— Je ne pense pas… Plus j'y réfléchis maintenant et plus j'ai l'impression que ce n'était pas Dru… Il ne s'est pas battu pour sa vie.

— Tu l'as pris de court je te rappelle, l'amena-t-elle à se remémorer.

— Oui mais… non, pour moi ce n'était pas le vrai. C'était un sosie, avec le recul je le vois mal se laisser abattre si facilement.

— La question est dans ce cas… en était-ce un aussi cette fois-ci ? annonça songeuse Adélaïde.

Phileas prit le temps de réfléchir.

— Sûrement… En tout cas c'est le pire à envisager, que Dru soit toujours vivant… Alors on va partir de là. Le pire scénario.

Adélaïde se renfonça dans son siège et commença à taper une note sur son clavier.

— C'est donc ce que nous annoncerons : « Suite à une mission exécutée en Italie, nous avons découvert l'existence d'un sosie du docteur Dru. La conclusion la plus alarmiste est la suivante ; Dru a une armée de sosies et est toujours en vie. »

Phileas approuva.

— Je rouvre le dossier Dru comme je viens de le dire, j'informe toutes les sections, toutes les cellules, même les dormantes. Je te mets en référence et ordonne tout le monde d'en faire de même.

— D'accord.

Adélaïde termina d'écrire sa note, l'envoya à tout le personnel et se retourna vers lui. Lui adressant un sourire, elle passa à autre chose.

— Ce soir les filles viennent, tu te souviens ? lui demanda-t-elle.

30

— Oui, annonça Phileas en s'enfonçant dans son fauteuil.

— Et je n'ai plus mes règles, rajouta-t-elle.

Phileas hocha de la tête de façon entendue.

— Je vais préparer le repas, s'exclama-t-il en se levant. Tu veux manger quoi ?

— Un truc pas trop lourd…

Phileas acquiesça, déposa par-dessus le bureau un baiser sur les lèvres de sa femme, puis se retourna pour s'en aller.

— Ça change tout, le rappela toutefois Adélaïde avec peine. Ça change tout… pour les enfants.

L'homme du club se retourna vers elle et la regarda avec lassitude et tristesse.

— Je sais chérie, je sais.

Phileas quitta le bureau de sa femme, et referma derrière lui. Nonchalant, il dit bonjour aux agents qu'il croisa en flânant songeur dans les couloirs. Toute cette histoire le préoccupait beaucoup. Dru avait des sosies… Cela remettait tout en perspective. La menace qu'il représentait, son acharnement, sa détermination, son intelligence… sa longueur d'avance. Phileas se rendit à son propre bureau. Il salua distraitement Corie, sa secrétaire, puis s'installa sur son fauteuil. Expirant un grand coup, il fixa le tiroir du haut de son bureau. Il l'ouvrit et non sans déception il en sortit la boîte de balles *Rixe*[2]. En prenant une en main, il la fixa avec détermination. Cela changeait surtout la situation de leurs enfants en réalité. Étaient-ils toujours en vie en fin de compte ? Que ferait Dru d'eux ?

---

[2] Les Balles *RIXE* furent forgées sur demande de Phileas dans le livre éponyme pour éliminer le docteur Dru.

III

Phileas avait préparé une salade de mâche avec de la feta en entrée, et un jambon en croute avec des haricots verts en plat principal. Le dessert était quant à lui un quatre quart aux pommes avec une boule de glace vanille Bourbon. Le repas fut bon, entièrement mangé. Ils rigolèrent, parlèrent politique et cinéma, ils burent un rosé des plus agréables au palais… Phileas et Adélaïde étaient un peu ailleurs mais c'était un bon moment entre amis. Puis Chloé s'était levée et avait invité Adélaïde à danser sur un air romantique. Partageant un slow, elles s'étaient alors enlacées et s'embrassaient tandis que Bella s'était alors rapprochée de Phileas pour discuter.

— … et Céline, elle en pense quoi ? le questionna-t-elle.
Phileas regarda son amie dans les yeux.

— Oh, elle m'a appelé pour me demander s'il avait souffert quand je l'ai tué de nouveau. Sinon elle le prend assez bien.
Bella sourit et déposa un baiser sur ses lèvres.

— Je pense que vous prenez ça assez bien vous aussi.
Phileas lui sourit.

— On commence à être rodés… et on le recroisera sur notre route, alors autant ne pas se laisser abattre… pas avant de l'avoir tué encore jusqu'à les avoir récupérés.
Bella sourit.

— C'est bien, c'est bien que vous pensiez comme ça…

Elle s'accola contre lui, cherchant le réconfort entre ses bras. Ensemble ils regardèrent Chloé emmener Adélaïde par la main jusqu'à la chambre.

Phileas regarda alors Bella et lui déposa un bisou sur le front.

— Tu veux les rejoindre ? demanda-t-il.

— Non… on peut encore rester là, juste tous les deux.

— D'accord.

Bella se tourna vers lui et l'embrassa tendrement, glissant sa langue dans sa bouche et jouant dans ses cheveux, comme une fille amoureuse de son amant…

— Je t'aime Phileas, murmura-t-elle.

— Je sais…

Elle posa sa tête sur son épaule, un peu déçue.

— Mais pas toi…

— Ce n'est pas ça…

— Chut… je sais, je sais…

Bella l'embrassa de nouveau, puis elle se redressa. Tirant sur son pull, elle le retira. Elle portait un soutien-gorge mauve en tissu sans armature, moulant parfaitement ses seins.

— Tu es superbe, tu sais, lui avoua Phileas.

— Même avec cette horreur sur mon visage ?

Phileas regarda les tissus cicatriciels sur sa joue.

— Elle ne me dérange pas… tu ne te résumes pas à ton visage.

Bella sembla émue par ces mots, profondément touchée. Mais là n'était pas le sujet de l'instant présent. Elle s'agenouilla sous la table, désireuse d'avoir l'homme qu'elle aimait en bouche.

— Je sais que tu adores ça… annonça-t-elle.

Phileas esquissa un sourire.

*

Phileas se réveilla en pleine nuit. Chloé, Adélaïde et Bella dormaient profondément. Sexe à plusieurs et alcool ne faisaient pas bon ménage… Mais il fallait l'avouer, il adorait cela tout autant qu'elles. C'était bon, c'était cool, et surtout c'était valorisant.

L'homme du club caressa un des seins de Chloé, ferme et rebondi, puis se leva pour aller boire un verre d'eau. Il avait la gorge sèche, et pour être honnête il avait le goût du cunnilingus en bouche. Il en but trois pleins et termina une des bouteilles de tequila pour faire partir le goût et retourna se coucher.

— Du mal à dormir ? chuchota Chloé.

— Je me suis moins dépensé que vous, je suis moins crevé, répondit-il juste.

— Je vois ça.

Chloé s'approcha de lui et l'embrassa.

— Tu sais, ce petit ménage à quatre ne peut pas fonctionner si tu ne le veux pas, annonça-t-elle.

— Ce n'est pas que je ne le veux pas.

— Mais tu as toujours l'esprit ailleurs quand on se voit.

— Je suis désolé… Et non pas tout le temps.

— C'est quand la dernière fois que Bella a hurlé à la mort parce que tu agissais comme une bête au lit ?

Phileas sourit. C'était vrai que cela remontait un peu.

— Et la dernière fois qu'Adélaïde t'a supplié de ne plus la prendre aussi violemment ? Qu'elle a promis de te sucer chaque fois que tu le voudrais si tu arrêtais ? Et que je n'ai plus de bleus à maquiller parce que tu me mordais si fort que je saignais ?

— Je suis devenu si mou ?

Chloé lui chuchota à l'oreille tout en se mettant à le masturber.

— Oh non, tu es loin d'être mou, tu es même très dur. Oh oui très dur… mais tu ne me fais plus mal, et j'aime quand tu me fais mal.

Phileas lui prit la tête entre les mains et la regarda dans les yeux. Elle avait raison, il fallait qu'il profite de tout ça au lieu de réfléchir à autre chose.

— Alors, suce-moi.

Chloé descendit dans le lit le long de son corps et prit son sexe en bouche, totalement soumise. Elle l'embrassa, le lécha, le caressa du bout de sa langue… puis forcée par Phileas elle l'eut tout entier en bouche.

La fellation dura plus de dix minutes avant qu'il n'éjacule finalement et qu'obligée, elle n'avale intégralement son sperme.

— J'aime quand tu me domines.

— Moi aussi… Je parais distant mais j'aime nos soirées. C'est jouissif.

— Tu as de la chance d'avoir une femme comme Adélaïde.

Phileas sourit.

— J'ai de la chance de pouvoir te baiser autant que je veux… Et de pouvoir vous baiser toutes les trois ensemble.

Chloé eut un sourire amusé.

— Là je reconnais l'homme qui m'encule dès qu'il le peut.

Le maître des Reines s'installa confortablement sur son oreiller. C'était génial de pouvoir parler crument avec la meilleure amie de sa femme. En plus de pouvoir l'avoir à lui.

— Oui, il est là ne t'inquiète pas.

— Bonne nuit, Phileas, chuchota-t-elle.

— Bonne nuit Chloé.

*

Phileas émergea de son sommeil vers dix heures et demie. Regardant dans le lit, il vit que les filles s'étaient déjà levées. Au bruit il estimait Chloé sous la douche, et Adélaïde et Bella en train de déjeuner. Il se frotta les yeux et repoussa les draps. Cela faisait combien de temps qu'il en était ainsi, qu'ils étaient dorénavant une sorte de couple à quatre ? Il ne saurait dire quand cela avait réellement commencé. Quand est-ce qu'il avait trouvé pour la première fois deux autres brosses à dents dans leur salle de bain ? Des vêtements autres que les leurs dans la machine à laver ? Oh ce n'était pas que cela lui déplaisait. Ils pouvaient se permettre de profiter de leur vice étant donné que leur parenté était en pause. Mais cela lui était toujours étrange. Aussi bien positivement que négativement. Phileas se leva, s'étira et se rendit à la salle de bain. C'était bien Chloé qui prenait sa douche. Intégralement nu, il rentra sous le jet d'eau avec elle.

— Salut toi ! lui lança-t-elle.

— Salut.

La jeune femme déjà mouillée l'embrassa puis continua à se laver.

— Tu es belle nue, fit-il en admirant ses seins.

— Merci.

Phileas commença à se frotter avec sa fleur de douche quand il se décida à évoquer le sujet.

— Ça fait quand même bizarre que vous ayez des brosses à dents ici et du linge de rechange.

— Tu trouves qu'on s'immisce trop dans votre vie de couple ? lui demanda-t-elle.

— Non, c'est juste bizarre…

Phileas laissa tomber sa fleur de douche et Chloé lui tournant le dos, il passa ses mains sous ses bras pour lui saisir les seins.

— Mais j'adore ça en tout cas.

— Mmmh, monsieur est de bonne humeur ce matin, savoura la jeune femme.

— Oh oui…

Glissant sa main entre eux, elle sentit sa raideur.

— C'est pour moi ça ?

— À ton avis…

Chloé sourit.

— Et tu préfères que je la suce ? Ou bien que je la prenne en moi ?

— Je ne sais pas…

Chloé tourna la tête pour l'embrasser, puis se pencha en avant.

— Baiser la meilleure amie de ta femme sous la douche, ça te plairait ?

— Tu n'as pas idée…

Chloé se cambra et posa ses mains contre le mur. Sans se faire prier, Phileas la pénétra alors, rentrant dans cette chatte déjà chaude et humide qui s'offrait pleinement à lui, et commença à lui prodiguer des va-et-vient en la tenant fermement aux hanches.

— Tu sais ce que j'aimerais ? prononça Chloé tout en s'agitant sous les à-coups.

— Non, dis-moi ?

— Une faciale… j'ai envie que tu me souilles. Je me sens un peu chienne en ce moment.

— Volontiers.

Phileas la tenant toujours fermement, lui martela le sexe avec fermeté, cherchant à lui soutirer un maximum de cris. Chloé pliée en deux ne put que répondre à son attente, il lui donnait des coups si forts et si durs, sa verge si rigide, qu'elle devait forcer avec ses bras pour ne pas heurter le mur avec sa tête. Et elle criait, avec passion, ne pouvant contenir son plaisir et le nom de son laboureur. Elle adorait vraiment ça.

— Bon Dieu, toutes ces années où tu as refusé de me baiser, je suis verte, s'écria Chloé. Tout ce temps où ma petite chatte pensait à toi…

Phileas sourit. Il ne regrettait pas de ne pas avoir commencé plus tôt. Rencontrer Adélaïde, l'épouser, puis décider ensemble d'inviter Chloé et Bella à coucher avec eux, il n'aurait changé cela pour rien au monde. Mais il devait avouer que s'imaginer la prendre bien avant ne lui déplaisait pas. C'était une idée excitante !

— Si je t'avais baisée plus tôt, le cadeau de Noël d'Adélaïde aurait été moins magique.

Chloé sourit de plaisir et se remémora ce fameux cadeau.

— Quand elle m'a demandé si je voulais bien te sucer et avaler comme présent, je n'ai pas pu dire non… C'était si coquin comme situation.

Phileas sentit qu'il venait. Elle l'avait tellement excité qu'il ne tenait plus.

— J'avais tellement envie de la voir, de l'avoir en bouche, de te boire…

— J'arrive, lui annonça-t-il.

Phileas se retira de sa chatte bien limée, et Chloé se retourna rapidement sans terminer sa phrase. Se mettant à genoux elle attendit alors en regardant son sexe parcouru de grosses veines et bien dressé. Phileas se termina en se masturbant un peu, puis il jouit en soupirant de béatitude. Les giclées de sperme, chaudes et blanches, atterrirent sur ses joues, son front, son menton et un peu sur ses yeux. Satisfait, Phileas souffla de plaisir et s'adossa au mur. Satisfaite, Chloé essuya son visage avec ses doigts puis les porta en bouche.

Ils restèrent ainsi un instant, euphoriques, comblés. Puis elle se releva. Elle en avait avalé un maximum mais il en restait. Elle nettoya donc le reste avec du gel douche.

— C'était bon, s'exclama Phileas.

Chloé lui adressa un sourire, et désireux de lui rendre la pareille, il l'enlaça pour lui glisser deux doigts. La jeune femme ne dit rien et le laissa faire, se serrant contre lui. Son sexe étant très chaud et très humide, il y glissa un troisième doigt sans forcer, et tout en jouant du pouce sur son clitoris, qu'il stimula en faisant des ronds, il s'agita en elle. Il la masturba ainsi durant quelques minutes avant que tremblante, elle ait un rapide orgasme et se laisse choir contre lui.

— On est si bien ensemble…

Phileas approuva et l'embrassa. Puis ils terminèrent de se laver, et sortirent finalement de la douche pour s'essuyer.

— On est crades quand même, s'amusa Chloé.

Phileas se tourna vers elle, lui sourit et lui passa la serviette.

— Je ne dirai rien, répondit-il.

Il prit un boxer qu'il enfila, puis mit son pantalon et un tee-shirt.

— En tout cas j'ai adoré…

— Moi aussi…

Phileas ouvrit la porte de la salle de bain.

— Je descends déjà d'accord ?

— Oui, oui, j'arrive.

S'enfonçant dans l'escalier, il descendit au rez-de-chaussée et se dirigea vers la cuisine.

— Salut toi, s'exclama Adélaïde en le voyant arriver.

— Coucou mon amoureuse.

Phileas embrassa sa femme tendrement, en fit de même avec Bella, puis s'installa avec elles à la table pour petit déjeuner.

— Wanda rentre quand ? demanda Bella.

— Ils sont partis faire l'ascension du mont Blanc avec Jarod, donc je ne sais pas trop, annonça Adélaïde.

Chloé descendit, vêtue uniquement de son string, et s'installa à côté de Phileas.

— Jolie…, s'exclama Bella.

— Merci. Tu me passes le sucre Phil ?

Phileas s'exécuta et le lui tendit. Chloé en versa dans son café et se servit en confiture. Les quatre amis petit-déjeunèrent alors tranquillement. Phileas tout en buvant du jus de fruit regarda cependant ses trois petites femmes avec une pointe de fascination. Adélaïde lisait le journal tout en mangeant et buvant, mais elle ne portait pour seuls vêtements qu'une de ses chemises, non boutonnée, et ses lunettes. Quant à Bella, elle n'était elle vêtue que de son short de la veille.

— Quoi ? le regarda avec amusement Adélaïde.

— Rien, c'est juste que c'est un délice d'être là avec vous, toutes sans pudeur.

Adélaïde lui adressa un sourire amoureux. C'était vrai oui, elles n'avaient aucune pudeur face à lui ou entre elles. Pourquoi en avoir en même temps ? Ils étaient amants. Il n'y avait aucune raison pour qu'ils le soient, surtout alors qu'ils aimaient tous leur liaison et vu ce qu'ils faisaient. Et pour sa part elle n'avait enfin plus ses règles, et après huit jours de frustration et de douleurs, comme c'était pour ainsi dire devenu une tradition de passer une nuit à quatre une fois par semaine, pourquoi s'en priver ? Ils adoraient tous les quatre faire l'amour ensemble, ils s'aimaient, et son mari, sa meilleure amie, et son agente la comblaient tous les trois de manière différente. Elle aimait faire l'amour avec chacun d'eux et tous lui offraient une excitation et des situations particulières, alors maintenant qu'elle pouvait de nouveau faire l'amour, non, être pudique était la dernière chose qu'elle souhaitait être.

— Jamais personne ne s'est douté de votre relation au *Service* ? demanda subitement Chloé. Personne ne vous soupçonne de coucher avec Bella, ou moi ?

— Non, répondit Bella.

— Non, on est très discrets, annonça Phileas en mangeant.

Adélaïde sourit en regardant Bella, oui, ils étaient discrets, mais cela ne les empêchaient pas d'avoir des rapports sexuels avec elle au boulot, elle surtout. Elle avait l'habitude depuis longtemps de vivre pieds nus au travail, mais depuis qu'elles étaient amantes avec Bella, elle avait aussi pris l'habitude de venir parfois sans sous-vêtements. Que sa subalterne déboutonne son chemisier en soie blanc pour admirer ses seins puis les masser, ou qu'en pleine réunion, elle passe furtivement sous la table un doigt sous sa jupe pour caresser ses lèvres et lui glisser une phalange l'excitait comme une puce. Elle adorait l'idée d'être la patronne que Bella venait voir à la pause déjeuner pour la brouter. Les jambes sur son bureau, Bella en dessous à genoux en train de lui lécher les lèvres et de lui mordiller le clitoris, elle se sentait toute chose. Et puis elle avait beau être la cheffe et se montrer ferme avec tous, elle aimait par-dessus tout être vilaine dans leurs dos. Se balader parmi eux, assister à des réunions ou encore lire des comptes rendus sur son ordinateur, du sperme de Phileas coulant de son sexe sous sa robe ou sa jupe, cela la rendait heureuse. Elle se sentait femme, épanouie et comblée en amour, et cela n'avait pas de prix.

— Au club par contre, sourit-elle, les filles et les Cavaliers se doutent que tu couches avec nous. Cela en rend même deux trois jalouses.

— Oui, ça je sais, s'amusa Chloé.

Adélaïde but une gorgée de son café. En même temps, il y a de cela quelques mois ils avaient passé une soirée dans la salle Maya où Phileas était en boxer dans l'eau avec elles toutes, et les autres Reines avaient pu voir à quel point il était bien bâti, et à quel point Chloé était proche d'eux… Mais ce qui avait certainement le plus souligné à leurs yeux leur liaison, c'est quand au cours d'une partie de strip-poker, Adélaïde leur avait autorisé à le faire perdre, et donc à finir nu devant elles toutes, ses amies, et que Chloé avait annoncé sans y penser qu'elle était bien faite, et qu'il savait s'en servir. Toutes avaient dès lors compris le message…

— Tu peux me passer le journal chérie ? Une fois que tu l'auras terminé, lui demanda Phileas.

— Bien sûr.

Adélaïde le replia et lui tendit.

— Tiens, j'ai fini de lire ce qui m'intéressait.

— Merci.

Phileas attrapa le journal et commença à le feuilleter. Bella en profita pour rattacher ses cheveux.

— Je viendrais bien un jour au club vous voir, enfin si je peux, s'exclama-t-elle en regardant Phileas.

— Bien sûr, répondit celui-ci.

— Ce serait cool, avoua Chloé, comme ça on pourra flirter et s'amuser. Enfin, sans Adélaïde, vu qu'elle est désormais une Reine inaccessible.

Adélaïde lui tira la langue et son amie en fit de même.

— C'est vrai ! ricana la jeune blonde.

— Ça ne nous empêche pas de nous amuser.

Chloé but une gorgée de son café.

— C'est vrai aussi. Ben tiens, pourquoi ne viendrais-tu pas aujourd'hui ?

— Je n'ai pas de fringues assez chics, rétorqua Bella.

— Bah tu peux regarder dans mon armoire, lui annonça Adélaïde.

— Ah ben oui dans ce cas, pourquoi pas ?

— Tiens… lâcha Phileas.

— Oui ?

Les trois jeunes femmes se tournèrent vers lui, interpellées, mais Phileas terminait de parcourir l'article qu'il lisait, soucieux.

— Quoi ? Qu'est-ce qu'il y a ? s'étonna Adélaïde.

— Alice est morte.

Phileas releva la tête et regarda ses deux Reines présentes, Chloé et sa femme.

— Alice, la 18e Reine… Elle et sa famille ont eu un accident de voiture.

— C'est horrible ! s'exclama Chloé.

— Sa fille cadette n'avait que 3 ans, je l'avais vue il y a deux ans, j'étais de passage à Clermont-Ferrand alors je suis allé lui dire coucou. Bon sang… Perte de contrôle dans un virage… tous les quatre morts.

Il replia le journal, un peu triste.

— Alice était une fille géniale, toujours la pêche et tout, reprit-il. Elle a d'ailleurs rencontré son mari au Club. C'était un homme d'affaires de qualité.

— Elle l'a rencontré au club ? s'étonna Bella.

Phileas hocha de la tête.

— Cinq ou six Reines ont rencontré l'amour au club…

— Je me souviens d'elle, se rappela Chloé, elle était sympa et très jolie, elle est arrivée quelque temps après Jean elles m'ont dit. Quelques années avant moi. On était assez bonnes amies.

— C'est moche, annonça Bella en buvant son café.

— En effet.

Phileas termina son verre de jus d'orange et se leva.

— Bon les filles, je vais aller un peu au Club aujourd'hui, si je pars avant vous, ne brûlez rien.

— Haha, très drôle, s'exclama Adélaïde.

Phileas monta à l'étage.

— Et on évite de se balader en petite tenue devant les fenêtres, ou de fricoter sur les chaises longues, j'en ai marre que les ados et les voisins matent chez nous !

— Ce n'est arrivé qu'une fois !

— Cinq fois chérie, cinq fois ! Et maintenant ils utilisent même des jumelles et leurs téléphones pour filmer !

Phileas disparut dans les escaliers, et les trois amantes se retrouvèrent seules.

— On va dans la piscine ? demanda Chloé.

— Sans moi, sourit Bella, je vais prendre ma douche et ensuite me faire belle pour venir vous voir.

— Si on y va ensemble ça gâche un peu tout tu ne crois pas ? déclara Adélaïde.

— Bah vous n'aurez qu'à y aller toutes les deux, et j'irai avec Phileas, comme ça je vous découvrirai.

Les demoiselles approuvèrent, et leur petit déjeuner terminé, elles rangèrent la table et montèrent à l'étage.

— On prend notre douche ensemble ? demanda Adélaïde à Bella.

— Oui pourquoi pas ?

— Moi je vais m'habiller et aller expliquer le programme à Phileas, annonça la Reine d'Or.

— Oui tu vas sucer mon mari quoi, ricana Adélaïde.

— Haha ! Comme si toi tu n'allais pas finir à genoux sous la douche entre les cuisses de Bella peut-être !

Chloé les laissa devant la salle de bain, et les filles s'y rendirent et se déshabillèrent. Pénétrant sous la douche, Adélaïde l'activa et elles se lavèrent en discutant.

— J'ai toujours l'impression que ça gêne Phileas, nous quatre, avoua Bella en mettant les mains sous le jet pour évaluer la température.

— Oui, ça le gêne un peu… Mais le connaissant il doit sûrement se dire que trois filles qui couchent exclusivement avec lui ça cache forcément un problème psychologique. Enfin je ne sais pas, Phileas aime notre liaison, mais genre quarante pour cent de son esprit doit se dire *« Hey, c'est malsain ce que tu fais ! »*

Bella rigola.

— Carrément… Vous couchez parfois ensemble au boulot ? Parce qu'avec moi il ne fait rien, il est totalement identique à avant.

Adélaïde sourit tout en se lavant les cheveux.

— Oui, il me prend souvent, ou dans l'ascenseur, ou dans mon bureau… Il adore éjaculer en moi, et je dois avouer que j'adore me balader sans culotte après, juste avoir ma jupe et mon chemisier, et le sentir couler le long de mes cuisses… Bon après je nettoie hein, mais je trouve ça génial, savoir que je me suis faite prendre avec férocité et que les gens autour de moi ne le soupçonnent même pas.

— Oui je comprends, l'excitation de savoir ça et qu'eux non, qu'ils ne savent pas que si tu as cinq minutes de retard à la réunion, c'est parce que Phileas t'a prise dans l'ascenseur et que tu as crié comme une damnée pendant qu'il te pénétrait.

— C'est net !

Adélaïde prit du gel douche et en mit sur sa fleur de douche pour se nettoyer le corps.

— Un des trucs qu'il adore aussi, c'est me forcer à le sucer et à avaler.

— Te forcer comment ? l'interrogea Bella en se nettoyant les jambes.

— Bah il me force quoi. Je suis à mon bureau et il débarque, la sort, et me force à la prendre en bouche et me maintient la tête… Et forcément je finis par le faire, je n'ai pas le choix, et il se vide.

— Mais tu aimes ça quand même ?

— Bien sûr, je lui suis totalement soumise… Tout comme j'adore quand toi tu viens me faire des cunnilingus dans mon bureau.

Bella sourit.

— D'ailleurs tu m'en as promis un la dernière fois, quand j'ai dû t'en faire un en speed avant ta réunion des exécutifs.

— Ah oui…

Adélaïde se rinça les cheveux et le corps, ramena ses cheveux d'un côté et fidèle à sa promesse, s'agenouilla devant Bella. Elle passa sa jambe gauche au-dessus de son épaule, et posant ses mains sur ses fesses, amena sa tête entre ses cuisses. Commençant par lui lécher le pubis et les lèvres, elle s'attela à lui prodiguer des frissons.

— Mmmh, continue…

Bella lui maintint la tête et commença à pousser des petits cris au fur et à mesure que son corps s'électrisa de plaisir. Adélaïde pouvait sentir sa cyprine lui couler dans la bouche et sur le menton. Bella mouillait et ses doigts jouaient dans ses cheveux, elle était en train de prendre son pied. Adélaïde continua à la lécher, à glisser sa langue au plus profond de son vagin, à mordiller son clitoris bien dur, quand Bella cria de plus en plus fort. Gigotant de plus en plus tout en coinçant sa tête, ses seins s'agitant sous le jet d'eau, elle ne tenait plus en place. Adélaïde lui maintenait les fesses si fort pour la contenir qu'elle en trouvait même encore plus de plaisir. Puis dans un râle de satisfaction, elle jouit, parcourue d'un spasme, un sourire aux lèvres, relâchant la tête d'Adélaïde pour s'agenouiller et l'embrasser…

— Il avait l'air puissant, celui-là.

Bella ne répondit pas, le visage toujours parcouru d'un sourire, les yeux fermés, elle hocha de la tête.

Adélaïde satisfaite d'elle se releva et sortit de la douche.

— J'ai envie maintenant, c'est malin.

— Mmmh, Phileas pourra te contenter, je pense…

Adélaïde approuva. Après tout c'était leurs 24 heures de sexe non-stop à quatre, alors elle pouvait se laisser aller à enchaîner les rapports. Elle s'essuya le corps et les cheveux, et sortant nue de la pièce, elle se rendit dans la chambre. Comme elle l'avait prédit, Chloé était à genoux, le sexe de Phileas en bouche. Torse nu, la braguette de son jeans simplement baissée, il était musclé et somptueux, digne des Dieux grecs… Adélaïde regarda sa meilleure amie sucer son mari. Elle la voyait s'affairer à la tâche avec dévotion en le regardant dans les yeux, massant ses bourses tout en l'amenant goulument le plus loin possible dans sa bouche. Elle adorait ce genre de scène… S'approchant d'eux, elle s'agenouilla à côté de son amie et avala son époux avec elle, faisant glisser ses lèvres humides sur sa peau chaude et veinée, suçant cet organe si important pour elles. Soumises à lui, elles lui firent une fellation à deux, et Adélaïde se laissa tenter de le laisser éjaculer dans leurs bouches, pour lui offrir le spectacle de sa femme et de son amie s'embrassant avec son sperme, mais elle était trop en manque.

Quittant son outil, elle s'installa derrière Chloé, lui pressa les seins puis glissa une main sous son string.

— Chloé, j'ai envie qu'il m'éjacule dans la chatte…

Chloé, doigtée ainsi, ne put que s'y résoudre.

— D'accord…

Adélaïde lui enfonça énergétiquement les doigts jusqu'au bout durant une dizaine de secondes, en signe de remerciement, puis se releva et s'installa sur le dos sur le lit. Chloé en fit de même et s'allongea à côté d'elle. S'embrassant et se pelotant les seins, elles se chauffèrent tout en regardant Phileas retirer son jeans et venir vers elles. Adélaïde jubila en sentant son gland écarter ses lèvres, repousser les parois de son être, et venir jusqu'au fond de son sexe. Se sentant prête à défaillir, elle le laissa la malmener et s'intensifier en elle, son corps repoussé sur le lit conjugal par sa ferveur. Elle aimait son mari pour ça, outre toutes ses qualités, elle l'aimait pour son remarquable coup de queue.

IV

Phileas accompagné de Bella partit aux alentours de 11h45 de chez eux. Au volant de son Aston Martin DBS, il la conduisit à travers la ville pour aller se garer sur le parking souterrain près du pont Clément. Une fois là, il l'amena alors jusqu'à une vieille et petite porte en cuivre située le long du passage pédestre passant en dessous.

— C'est une clé d'Or, seuls les Reines et les Cavaliers peuvent entrer par ici, lui expliqua-t-il en lui montrant la clé.

— D'accord. C'est un privilège donc ? comprit Bella.

Phileas sourit.

— Oui. Normalement les membres doivent passer par une maison que j'ai achetée pour accéder à leur souterrain.

— Oui mais je ne suis pas trop un membre, rappela la jeune femme.

— En effet, donc tu vas passer par là avec cette clé toutes les fois où tu voudras venir.

Phileas enfonça la clé dans la vieille serrure, ouvrit la porte, et alluma. L'invitant à entrer, il la suivit et referma derrière eux. Plongeant dans une atmosphère sèche et sentant le renfermé, ils descendirent alors l'escalier de métal menant jusqu'à un quai ferroviaire souterrain datant de la Seconde Guerre mondiale. Tout de carreaux blancs jaunis par le temps, ici et là des petites mosaïques colorées encore distinctes rappelant l'ancienneté de la construction, l'endroit semblait désaffecté quoique propre.

— Cela fait partie des réseaux que vous avez découverts ? s'étonna admirative Bella en regardant les lieux.

— Oui. En balisant le réseau sous la cathédrale et les Rodiers on est arrivés jusqu'ici, puis en explorant encore, jusqu'à l'endroit où est établi le quartier général actuel, annonça-t-il en lui tendant la clé d'or.

Bella approuva, visualisant les locaux du *Service*.

— Oui, sous *D* j'avais eu vent de tes découvertes, elle disait que le club avait toujours au moins cette utilité.

Phileas hocha de la tête en allant actionner un levier.

— Dommage qu'elle n'ait rien pu voir de tout ça… Elle me manque beaucoup.

— Elle nous manque à tous, continua tout aussi attristée la jeune femme. Mais je suis heureuse qu'elle soit morte avant de vivre ce qu'on a vécu.

— Comment ça ?

Bella le regarda avec peine.

— Elle aurait adoré assister à la naissance de vos enfants, elle t'adorait et te considérait de sa famille… mais je pense qu'elle n'aurait pas pu supporter de vous les voir enlevés. Ni de savoir que l'homme qui l'a tué, son pire ennemi, était en réalité quelqu'un qu'elle avait connu étant jeune.

Phileas hocha une nouvelle fois de la tête.

— Elle n'a pas connu le pire, en effet… Mais elle me manque, tout comme ceux que j'ai perdus… Si elle n'était pas morte, tout aurait été différent. Imagine seulement si elle était encore là, et qu'Adélaïde n'était pas devenue la cheffe. Peut-être qu'on n'aurait même pas perdu les enfants, tout aurait été différent.

— Oui, j'y pense aussi parfois.

Un bruit de rails se fit entendre, coupant court à leur conversation, et sortant de l'obscurité du tunnel, leur moyen de locomotion arriva.

— Ouah ! s'écria Bella en le voyant.

Phileas sourit. Il faisait toujours cet effet-là. Ressemblant fidèlement à une voiture de l'Orient-Express, leur moyen de transport était tout simplement majestueux. Bleu et souligné d'or, d'une richesse et d'un détail minutieux, il s'arrêta d'ailleurs silencieusement à côté d'eux, lui laissant tout le loisir de l'admirer.

— Incroyable.

L'homme du club l'invita à monter à bord afin d'admirer son charme et ses ornements intérieurs, puis laissa le véhicule reprendre sa route jusqu'à leur destination.

— Vraiment tu m'épates, avoua Bella installée sur une banquette en admirant l'opulence des lieux.

— Bah tu te doutais bien que cela aurait une certaine classe.

Bella oscilla de la tête.

— J'ai lu deux trois rapports, les filles m'en ont parlé, mais jamais je n'aurai cru que le Club des Damnés était aussi… somptueux.

— Et ce n'est que le début.

Phileas lui expliqua rapidement la mise en pratique de la reconstruction du club et de ce qu'ils avaient entrepris pour lui redonner sa grandeur, puis lorsqu'ils arrivèrent à destination, l'invita à la suivre. Leur trajet terminé, empruntant l'escalier menant à la cathédrale, ils apparurent alors dans la tour du Clocher.

— Voilà, fit-il, le club des Damnés.

La faisant sortir de la tour, il l'emmena dans la salle de bal.

— Je ne t'emmène pas en haut dans les loges des Reines voir les filles, cela jaserait de trop, je vais t'emmener dans la salle des sens, d'accord ?

— Je te suis.

— Et certains lieux te seront interdits.

— Pas de problème.

Ils traversèrent l'immense salle, leurs pas résonnants dans le silence. Bella n'y prêta toutefois pas attention, totalement subjuguée par la splendeur de cette pièce. Émergeant de la pénombre grâce à des candélabres remplis de centaines de bougies installés tout autour, de superbes colonnes toscanes montaient jusqu'à la voûte en alternant de majesté avec des statues de ce qu'elle supposait être des Reines. C'était incroyable de beauté. Orné en plus au plafond de cinq gigantesques lustres de cristal disposés au niveau des arcs de soutien, cet endroit était honteusement élégant et somptueux.

— C'est du vrai marbre au sol ?

— Bien sûr, s'exclama Phileas.

— Mon Dieu, cela a dû coûter une fortune…

Le maître des Reines ne répondit pas. Il l'amena simplement jusqu'à une double porte en bois vernis. Les ouvrant, il la conduisit alors dans un couloir d'une dizaine de mètres encore plus riche que la salle de bal. Tout en bois massif éclairé par des chandeliers d'or reposant sur des colonnes, il y avait aux murs des tableaux trônant sur des tapisseries rouges, et tout du long de leur avancée, des armures de chevaliers au garde à vous.

— C'est magnifique…

Constamment émerveillée, Bella essaya de retenir chaque détail, chaque objet, chaque pièce de ce foisonnement de luxe.

Passant entre les deux bustes de Reines installés de chaque côté du bout du couloir, le maître des lieux lui ouvrit le dernier jeu de double portes. La plongeant dans une admiration cette fois totale, elle se retrouva alors dans la fameuse salle des sens. Des chandeliers illuminant la pièce, la tirant des ténèbres de leurs halos rassurants et lumineux, une valse passant en fond, l'endroit était baigné d'une ambiance indescriptible. Bella leva les yeux au plafond ; un immense lustre de perles à plusieurs mètres d'elle l'habillait comme un collier habillait une femme. Reposant les yeux sur la pièce, ici et là partout des box aux banquettes de cuir rouge et aux tables de bois noble où étaient installés des gens trônaient sur un parquet de bois sombre, habillé au centre dans sa longueur d'une moquette rouge sang. Clairsemé de colonnes de marbre toscanes, torses, corinthiennes, ou encore vénitiennes où reposaient les chandeliers, l'endroit dans un style victorien était comme elle n'en avait jamais vu. Le cadre était tout bonnement incroyable et surréaliste.

— Je comprends pourquoi les gens viennent ici, marmonna-t-elle pour elle-même.

Philéas à côté d'elle sourit. Il fit signe à un Cavalier de s'approcher et l'amena dans un box vide près de la cheminée.

— Hector va s'occuper de toi, annonça-t-il en lui présentant l'individu.

— Madame, fit celui-ci.

— Cavalier, le salua-t-elle.

— Je vais vous laisser…

Philéas leur fit un signe de la tête et s'en alla. Passant entre les box, il dit bonjour aux Cavaliers, aux membres et aux

Reines qu'il croisa, et se rendant jusqu'à une autre double porte, disparut dans les méandres du club.

Bella laissée seule regarda le Cavalier prostré en face d'elle. En redingote d'époque, il attendait ses ordres, ses mains gantées de blancs dans le dos.

— Que me proposez-vous comme cocktail ? lui demanda-t-elle.

— Je vous conseille le Délirium, un arrangement du club, annonça-t-il chaleureusement.

— Bien, merci, ce sera parfait.

Hector hocha de la tête et se rendit vers le bar.

Bella regarda autour d'elle, mais un membre et une Reine en lingerie dans le box d'à côté tournèrent immédiatement la tête à sa vue. Mal à l'aise Bella baissa honteuse le regard. Tâchant de ne pas sombrer dans la tristesse, elle essaya de ne pas penser à ces hideuses cicatrices sur son visage. On avait beau dire, le regard des gens faisait mal. Adélaïde, Chloé, Phileas, sa famille et ses amis avaient beau s'en moquer, elle devait vivre avec ça, avec cette horreur sur le visage que tout le monde dévisageait ou refusait de voir.

Mais elle n'eut pas le temps de plus réfléchir à cela.

Levant les yeux, elle vit ses deux amies descendre d'un escalier en colimaçon sortant du plafond. Un sourire et un émerveillement sur le visage, elle les admira avec désir, oubliant le reste, se rappelant pourquoi elle était là. Chloé était la première. Les cheveux attachés en un chignon, portant une lingerie en dentelle noire avec un porte-jarretelles, des bas, et des talons aiguilles assortis, elle avait la peau recouverte d'un fond de teint doré et les lèvres habillées de la même couleur. Ses yeux cernés de noir et ses joues habillées de paillettes, elle était là, divine, s'avançant vers elle. La Reine d'Or, marquée d'un ruban autour du cou serti d'une pierre dorée.

Bella l'admira presque amoureusement, puis déshabilla tout autant du regard Adélaïde. Reine Rouge, maquillée simplement, cette dernière était habillée d'un ensemble en dentelle bordeaux accompagné de bas à la jarretelle de la même couleur, d'un voile de tissu ramené sur ses bras, et de gants montant jusqu'au-dessus des coudes de la même teinte. Ses cheveux amenés également en chignon mais coiffés d'un diadème de sa couleur, elle portait elle toutefois en plus de son ruban orné d'un saphir d'un large et imposant collier de rubis sur ses clavicules et descendant jusqu'au début de sa poitrine. Tout aussi somptueuse, elle avait l'espièglerie qu'elle lui connaissait d'être pieds nus.

— Bonjour vous, annonça Chloé en s'installant à côté d'elle, je suis la Reine d'Or, et voici la Reine Rouge…

Bella se montra charmée, et fit un baisemain aux deux jeunes femmes.

— C'est un honneur de vous rencontrer, se prit-elle au jeu.

*

Phileas entra dans son bureau, et y trouva Caroline, uniquement vêtue d'un pantalon de soie.

— J'ai une réclamation à faire ! l'agressa-t-elle presque.

— Ola Caroline, bonjour, qu'est-ce qu'il y a ?

— J'aimerais que tu instaures des lois spécifiques concernant les Reines. Oui bonjour.

L'homme du club contourna son bureau et s'installa dans son fauteuil.

— Plait-il ? fit-il en l'invitant à s'asseoir de l'autre côté.

— Une des nouvelles Reines tourne trop autour de Camilla, annonça la jeune femme jalouse en s'asseyant.

Phileas soupira et baissa la tête.

— Caroline, tu pourrais faire confiance à ta copine tu ne crois pas ?

— Cette salope cherche à me la piquer ! s'indigna la Reine.

Phileas hocha négativement de la tête.

— Écoutes Caroline, je t'aime bien, mais on sait tous les deux que tu es trop jalouse. Sachant que toi aussi tu as des expériences avec d'autres filles, tu ne peux pas refuser à Camilla, qui est une très belle femme, d'attirer les convoitises.

— Ce n'est pas ça, elle la dévore des yeux et lui envoie des messages déplacés !

— Et on sait tous les deux que Camilla t'est fidèle. Et qu'étant Reines, cela est inévitable que Camilla ait des rapports avec d'autres personnes. C'est même par ce biais que vous vous êtes rencontrées je te rappelle, parce que vous êtes Reines.

— Non mais je sais, s'offusqua la jeune femme en repassant ses longs cheveux blonds ondulés derrière sa tête. Mais sérieux, autant que Camilla se fasse toucher par des membres, des mecs même, je m'en fous, mais elle, elle la drague ouvertement, et j'ai envie de la tuer.

— Tu comptes faire un esclandre ?

Caroline fusilla Phileas du regard, avant de se raviser et de baisser les yeux, honteuse.

— Vous êtes deux filles lesbiennes qui avaient régulièrement des aventures avec le reste de la bande, dont ma femme, reprit-il. Vous vous êtes toutes certes calmées avec les membres, étant moins accessibles qu'avant, me faisant presque le plaisir de ramener le Club des Damnés à son âge d'or, mais tu ne peux pas prétendre à de la retenue d'une nouvelle Reine alors que vous êtes un couple libre.

— Phileas, que je broute ta femme ou encore Sarah, d'accord, que Camilla passe la nuit avec Sublime, okay, mais cette fille elle la drague devant moi ! Sérieux, elle fait ça devant moi, et surtout elle est lourde ! Enfin, ça ne te ferait pas chier que quelqu'un cherche à tout prix à se taper ta femme, et l'invite à coucher avec lui sous ton nez ?

Phileas se renfonça dans son siège. Caroline ne mâchait pas ses mots, c'était certain. Mais il préféra ne rien dire, il savait qu'elle était comme ça.

— Je vois très bien ce que tu veux dire, il y a la manière de le faire, et surtout elle semble attirée par Camilla, donc à l'inverse des autres c'est une sorte de rivale et tu es jalouse. C'est normal, tu l'aimes. Coucher avec vos amies n'est pas un problème, mais là ça semble sérieux, elle veut ton territoire…

— Oui voilà !

Caroline approuva de la tête. Phileas sourit, dépité.

— Je parlerai à la Reine Artisane pour toi, car je suppose que c'est d'elle qu'il s'agit, et je lui signifierai que Camilla est une chasse gardée.

— Bien, merci. Je t'adore !

Caroline se leva et se dirigea vers la porte.

— La prochaine fois, pour venir voir ton patron, mets quand même au moins un soutien-gorge s'il te plait.

— Bah pourquoi ? s'étonna-t-elle en se retournant. Tu les as déjà vus.

— Bah pour rien, pour rien. Mais Caroline ?

— Oui ? se retourna-t-elle encore.

— N'entre plus jamais dans mon bureau sans y avoir été invitée.

Il la regarda avec sévérité d'un œil noir, pour réaffirmer qu'il n'était pas un ami mais le maître des lieux.

— Désolée, je m'excuse… fit-elle en se couvrant la poitrine des bras.

La jeune femme sortit de la pièce visiblement remise à sa place et Phileas pouffa de soupir.

— Génial, comme si j'avais que ça à faire.

Il souffla une nouvelle fois, n'ayant jamais imaginé devoir régler ce genre de problèmes, et se décida à se lever. Sortant de son bureau il se dirigea vers le salon des Reines pour voir si Artisane était là.

— Elle est à la douche, s'exclama la Reine Ambroisie.

Phileas la remercia et se dirigea vers les douches des Reines. Abysse et Désirée en sortirent, une serviette autour du buste.

— Artisane est à l'intérieur ? demanda-t-il en désignant la pièce.

— Oui monsieur, lui sourit Abysse.

Phileas les remercia elles aussi et s'y rendit presque avec mélancolie. Les temps avaient malheureusement changé depuis qu'il avait créé le Club. À l'époque de l'âge d'or les premières Reines le vouvoyaient et avaient peur de lui, il leur était inconnu et insondable. Puis les arrivantes de l'âge d'argent se montrèrent toujours courtoises et respectueuses mais par la force des choses, et de sa liaison avec Adélaïde, il se lia d'amitié avec elles et une partie de sa vie leur fut révélée, de son propre choix ou par Adélaïde, ce qui les amena à le considérer plus comme un homme normal et un proche. Avec les nouvelles il n'avait pas fait cette erreur, demandant aux Reines qui connaissaient la vérité à ce qu'on ne leur parle aucunement de leur couple ou de quoi que ce soit d'autre, pour de nouveau cultiver une aura de mystère, mais plus il y pensait plus il réalisait que son père avait eu raison, il n'aurait jamais dû leur dire pourquoi il avait créé le Club. Ni qu'il était agent secret. Il aurait dû leur mentir à toutes pour rester leur ténébreux maître des Reines. Malgré le respect qu'elles lui manifestaient toujours, il trouvait qu'elles en savaient trop sur lui. Et en sachant trop sur lui, Caroline était venue l'attendre dans son bureau alors qu'il y a encore quelques années elle aurait demandé conseil à un Cavalier et n'aurait jamais osé y entrer sans y avoir été invitée. À l'époque même elle était encore pudique envers lui.

Phileas entra dans la salle d'eau et sans se gêner d'être un homme dans les douches des filles, se dirigea vers la Reine Artisane.

— Artisane ?

— Oui ? fit celle-ci en se retournant.

Sans gêne elle non plus, la Reine lui fit l'étalage de toute sa nudité. Blonde, un léger duvet confirmant d'ailleurs qu'il s'agissait de sa vraie teinte, des seins visiblement fermes et d'un bon bonnet C, elle avait en plus d'avoir un visage magnifique, un ventre musclé et parfaitement dessiné. Caroline pouvait se sentir menacée, c'était certain.

— Désolé d'être aussi brut et de venir te voir dans ton intimité, mais Caroline se sent jalouse de toi, et connaissant son tempérament, j'aimerais que tu calmes le jeu avec Camilla.

Il annonça cela les bras croisés, ferme dans ses mots, son ton et sa position.

— Que je calme le jeu avec Camilla ? reprit la jeune femme.

Artisane sembla surprise et passant ses mains dans ses cheveux pour faire partir son shampoing, elle le regarda incrédule.

— Il paraîtrait que tu lui tournes autour, annonça Phileas.

— Ben non, on discute juste, s'exclama très sincèrement la demoiselle.

Phileas fronça un sourcil.

— Sérieusement ?

— Bien sûr. Elle est mignonne mais ce n'est pas mon genre, je suis branché garçon. Je la draguais juste pour rigoler, parce qu'on s'entend bien et que ça plait aux membres.

Phileas la regarda dans les yeux et soupira.

— La jalousie inutile, je hais ça… Bien, merci.

Phileas s'excusa et la laissant terminer de se doucher, sortit de la pièce. Il croisa alors Camilla.

— Camilla ? l'interpella-t-il.

— Oui ? s'arrêta celle-ci.

— C'est quoi le souci entre Caroline, Artisane et toi ?

La jeune femme rigola.

— Ah, ça, désolée, j'ai appris la visite de Caroline. Je voulais juste la rendre un peu jalouse, et ça a mal tourné.

Phileas la regarda dépité.

— Qu'est-ce qu'elle a fait encore pour mériter ça ?

Camilla continua de rire.

— Bah rien en particulier, mais je ne sais pas pourquoi elle a peur qu'il se passe quelque chose entre Artisane et moi. Du coup j'ai voulu la taquiner un peu, mais il n'y a rien, elle est hétéro à cent pour cent et j'aime Caro.

— D'accord.

— Désolée pour le désagrément.

Phileas prit une grande inspiration, et souffla.

— Bien, tu peux aller… faire ce que tu as à faire. Mais dis-le-lui. Caroline avait l'air vraiment mal sous ses airs de créature féroce.

Camilla hocha de la tête et repartit en direction de l'escalier.

— Bonne journée Phileas.

— Toi aussi. Et rassure là, je n'ai pas l'intention de la virer.

— D'accord.

Phileas esquissa un bref sourire. Il connaissait assez Caroline pour savoir qu'elle comprendrait être allée trop loin et qu'elle aurait peur qu'il ne la jette. C'était ça qui lui manquait en fait, l'intimidation, elles n'étaient plus intimidées par lui. L'homme du club se fatigua malgré tout intérieurement et retourna vers son bureau. Il espérait ne plus être dérangé pour ce genre de choses, quand l'oreille distraite, il entendit Corinne et Mélusine parler ensemble.

— … Oui, c'est terrible, la semaine dernière encore on parlait d'elle, l'une des plus anciennes.

— Je n'arrive pas à y croire. Elle nous avait invitées à boire un coup une fois.

Phileas se rapprocha d'elles et écouta à distance leur discussion, intrigué. Mélusine évoquait visiblement avec sa consœur une ancienne Reine.

— C'est horrible ce qui lui est arrivé… la pauvre, avoua Corinne.

— Euh, bonjour les filles… vous parlez de quoi ? les interrompit-il.

Les deux femmes se retournèrent vers lui.

— Bonjour, vous n'êtes pas au courant ? Une des anciennes Reines est morte avec sa famille, annonça Mélusine.

Phileas hocha de la tête.

— Oui, Alice, je l'ai lu ce matin dans le journal, répondit-il.

Mélusine regarda Corinne avec malaise. Elle sembla immédiatement gênée.

— Euh… on parlait d'Ambre en fait, je ne sais pas si vous vous souvenez d'elle. Elle s'est fait tuer chez elle avec son mari et sa fille.

Phileas fit des yeux ronds.

— Mon Dieu, lâcha-t-il.

— Alice est morte quand elle ? Je la connaissais aussi, demanda Mélusine.

— La semaine dernière, dans un accident de voiture, répondit distraitement l'homme du club.

Il sembla soucieux. Il ne pouvait s'empêcher de lier les deux. C'était une sacrée coïncidence.

— Je… fit-il en désignant son bureau, écoutes je dois bosser un peu là, mais tu sais quand aura lieu l'enterrement ?

— Oui c'est demain matin, annonça Corinne. J'y serais moi, même si je ne la connaissais pas.

— Moi aussi.

— Bien d'accord. Essayez de voir si d'autres de son époque peuvent venir aussi, ce serait sympa.

— D'accord. Je vais essayer mais je ne promets rien, je n'arrive pas à joindre Pâris, elle est à l'étranger. Je verrai aussi avec Mélisande et Eugénie.

— Okay. Merci.

Phileas laissa là ses Reines et repartit vers son bureau.

— Sacrée coïncidence.

En ouvrant la porte, il y entra. Pâris, Ambre, Mélisande, Mélusine, Eugénie et Alice. Des Reines de l'âge d'or, d'une autre époque. Certaines revenues, certaines dont il n'avait plus entendu parler depuis des années.

V

*Des années plus tôt.*

Il faisait chaud et beau, et le ciel resplendissait d'un soleil vivifiant. Le début de l'été approchait à grands pas et la ville fleurie et propre s'agitait de couples et de gens flânant de boutique en boutique.

Habillée par ce beau temps d'un pantalon noir et d'un léger chemisier bleu, Mélisande descendit l'étroite rue pavée et s'arrêta devant la vieille porte en bois, 27 rue des Rodiers.

Sa clé d'or en main, elle la tourna dans la scrrure et pénétra dans le labyrinthe. Le gauche, gauche, droite, droite, gauche que toutes les Reines connaissaient lui fit traverser le dédale de velours noir tiré de l'ombre par les chandeliers, et entre deux pans cachés, elle se rendit dans le couloir des Reines.

Passant devant les loges de ses ainées, Mélisande se rendit jusqu'à celle marquée d'un 13 noir en métal. Une fois à l'intérieur, son sac jeté sur sa chaise, elle déboutonna son chemisier et retira ses chaussures et ses chaussettes. Mélisande ôta ensuite son pantalon, enleva son haut et dégrafa son soutien-gorge noir. Les seins nus, elle fit descendre sa culotte sur le sol et se dirigea vers le portant.

Elle opta pour une simple lingerie bleue en dentelle et enfila le boxer puis le soutien-gorge. Agrémentant sa tenue de ballerines faites dans le même tissu, elle regarda l'allure qu'elle avait dans le miroir de sa coiffeuse. Sa tenue lui allait bien mais elle se trouvait trop peu habillée. Mélisande se sentait nue vêtue uniquement de cela. Elle se devait pourtant de faire cet effort, pour elle-même et parce qu'elle était Reine. Son maquillage déjà fait, elle prit son courage à deux mains et sortit de la pièce et revint sur ses pas. Bifurquant à gauche en sortant du couloir privé des Reines, Mélisande continua tout droit dans le labyrinthe et un bras cachant machinalement sa poitrine, elle passa les pans de velours ouvrant sur la salle des sens.

Faisant un signe de tête à Jean, qui nota son arrivée sur le registre, elle chercha du regard Ambre. La voyant installée à côté d'un jeune homme dans un box, elle décida d'attendre qu'elle ait terminé et se dirigea vers l'escalier en colimaçon pour aller se détendre. Se tenant à son pilier central, elle admira ses gravures tout en montant. Représentant des sirènes et des naïades grassouillettes qui entraînaient les pêcheurs vers les rochers pour les précipiter vers leur mort, les reliefs du bois sculptés à l'ancienne la faisaient toujours voyager. C'était une fable, dont elle ne se lassait jamais de la lecture. Toute en petites fresques s'enchaînant comme une BD, elle s'émerveillait à chaque fois de la fatalité de la gourmandise, de la luxure et de l'avidité. Elle trouvait ce récit tout à fait adapté au Club des Damnés. À trop vouloir approcher le soleil, on se brûlait les ailes.

Arrivant à l'étage des loges, Mélisande vérifia que le couloir était vide, et passa furtivement par le passage secret conduisant à la bibliothèque. Discrètement, certaine que personne ne la regardait, elle tira ensuite une gigantesque toile de maître entre deux rayonnages chargés de livres, pour la faire pivoter sur son axe et se rendre dans la salle de bain secrète.

Retirant sa tenue de Reine, elle s'installa alors dans l'immense baignoire que le Cavalier Francis lui avait préparée. Ses longs cheveux bruns et fins se propageant dans l'eau chaude comme les tentacules d'une méduse, elle ferma les yeux et fit la planche. Mélisande était bien là, seule, nue, dans son élément. Elle adorait l'eau. C'était pour cela que sa couleur de Reine était le bleu. Toutes les lingeries qu'elle portait en étaient des nuances, son vernis et son rouge à lèvres également. Mélisande, Reine bleue, future grande Reine de la Lune. Cela sonnait bien.

— Encore en train de rêvasser ? prononça une voix.

Mélisande sursauta dans l'eau et se releva effrayée. Se précipitant derrière le rebord de la baignoire pour se cacher, elle regarda la Reine qui venait d'arriver. C'était Ambre, celle qu'elle cherchait à éviter.

— Et toujours aussi timide à ce que je vois.

Mélisande la regarda en levant les yeux, une pointe de honte dans les yeux. Ambre s'agenouilla devant la baignoire pour lui faire face. Habillée d'un ensemble composé d'un corset rouge sombre et noir et d'une culotte complétés de bas, de gants et d'une paire de talons hauts, elle ne portait pour seul ornement que son ruban noir autour du cou.

— Salut Ambre.

— Tu as réfléchi à ma proposition ? lui demanda-t-elle.

Mélisande repensa à sa demande encore une fois. D'instinct elle voulait lui crier non, mais elle s'était autorisée à envisager cela avec sérieux. À chaque fois pourtant elle se disait qu'elle savait qu'elle n'y arriverait jamais. C'était trop pour elle.

— Je ne sais pas si j'en serais capable, atténua-t-elle ses peurs. Je suis déjà incapable de vous montrer mon corps à vous, alors faire partie de ce groupe de Reines, je ne sais pas…

Ambre lui caressa la joue et passa chaleureusement la main dans ses cheveux.

— Tu n'as pas à avoir honte de ton corps, tu sais, il est parfait. T'es même plus fine que moi ! Et tes yeux sont magnifiques, tu es élancée et très belle, crois-moi.

— Cela n'empêche pas que je sois complexée et pudique, alors je ne pense pas pouvoir…

Ambre la regarda encore, lui faisant les yeux doux, et s'avança vers elle lentement pour lui faire comprendre qu'elle allait l'embrasser. Mélisande tourna toutefois la tête pour l'éviter.

— Hey ! J'allais t'embrasser.

— Je ne suis pas lesbienne, lâcha juste la jeune fille.

Ambre sourit.

— Et je ne te demande pas de l'être, je veux juste que tu décompresses et profites ! Tu es trop coincée.

— Je sais…

Mélisande regarda la robinetterie d'or de la baignoire. Oui c'était vrai, elle était trop timide, et elle le savait. Elle se demandait même pourquoi Phileas l'avait recrutée. Qu'avait-il trouvé chez elle pour qu'il l'accepte ?

— Bon, en tout cas je veux vraiment que tu en fasses partie, s'exclama Ambre en se relevant. Tu es celle qui nous manque, et tu seras parfaite pour ça.

Mélisande baissa les yeux. Pourquoi diable lui forçait-elle la main ainsi ? Elle ne voulait vraiment pas faire ça.

— Hey, attira son attention Ambre.

Mélisande releva les yeux vers elle, et Ambre la tint alors au menton et lui déposa en traitre un furtif baiser sur les lèvres. La laissant là sur un sourire malicieux, elle sortit ensuite de la pièce pour la laisser seule. Mais refroidie, ne souhaitant plus profiter de son bain, Mélisande quitta la baignoire et s'essuya. Réenfilant sa lingerie, elle essora ses cheveux, vida l'eau et rinça la porcelaine puis sortit également.

Regagnant la bibliothèque, se doutant qu'Alice n'avait toujours pas fini de courtiser son membre, ou l'inverse comme il devait le penser, elle s'installa dans un fauteuil et commença à lire *« Vingt mille lieues sous les mers »* de *Jules Verne*.

Elle en avait lu les trois premiers chapitres quand Phileas passa près d'elle et la salua.

— Bonjour Reine Mélisande.

— Bonjour monsieur, lui répondit-elle.

L'homme du club croisa les bras, irrité.

— Appelle-moi Phileas, s'exclama-t-il.

La jeune Reine passa une mèche encore mouillée derrière l'oreille et se replia sur elle-même dans son fauteuil de velours.

— Cela me ferait bizarre de vous appeler ainsi, avoua-t-elle.

Phileas la regarda amusé.

— Et pourquoi donc ?

— Parce que vous êtes mon patron. Cela me semblerait irrespectueux. Tout comme de vous tutoyer.

Phileas haussa un sourcil.

— Le respect ne se situe pas dans le verbe, mais dans la pensée exprimée derrière.

Sur ces mots instruits, il la laissa là d'un salut de la tête et disparut du paysage.

Mélisande s'interrogea. Regardant les rangées de milliers de livres composant sa bibliothèque, cet homme l'effrayait. Il était si… insondable. Jeune, toujours habillé d'un tee-shirt, d'un jeans sombre et de chaussures de sécurité, il jurait dans son propre monde. Et pourtant c'était bien lui l'homme du club, l'instigateur de ces lieux. Mais il n'en affichait pas l'arrogance ni l'opulence. Il était visiblement égal à lui-même, faisant tourner le club avec ses Cavaliers, et c'est cela qui l'horrifiait. Il ne ressemblait en rien à un homme riche, vaniteux ou amateur de femmes. Cela le rendait beaucoup trop bizarre et mystérieux.

— Puis-je vous suggérer une collation ?

Mélisande leva les yeux vers le Cavalier Alfred. Vêtu d'une redingote, semblant tiré d'un monde victorien, il lui adressait un sourire, un plateau d'argent entre les mains.

— Oui, sourit la jeune femme, avec plaisir.

Il lui tendit un verre glacé de jus de fraise relevé d'une feuille de menthe, de deux gouttes d'essence de citron et d'un peu de rhum.

— Mmmh, délicieux, s'exclama Mélisande.

Le Cavalier aux cheveux blancs lui sourit.

— Alors vous m'en voyez satisfait.

Il la salua de la tête et se retira en silence, la laissant continuer sa lecture. Mais voyant la Reine Eugénie arriver, elle referma son livre.

— Salut Mélisande, s'exclama celle-ci.

La jeune femme lui adressa un sourire et la prit dans ses bras.

— Eugénie, tu m'as manquée.

— Toi aussi trésor.

Mélisande lui déposa un baiser sur la joue et elles s'installèrent dans les deux fauteuils se faisant face. Les jambes croisées, des chandelles tirant la bibliothèque des ténèbres, elles tâchèrent tout en discutant personnellement de garder l'allure de nobles Reines noyées dans la richesse des lieux.

— Comment tu vas ? demanda la nouvelle arrivante.

— Bien, on fait aller…

Mélisande regarda ses ballerines, préoccupée.

— Je te connais assez pour savoir que ça ne va pas. Alors dis, ne tourne pas autour du pot, la poussa-t-elle.

Mélisande leva les yeux vers son amie. Eugénie et elle se ressemblaient beaucoup. Fines, les cheveux bruns longs, élancées, un visage similaire, on aurait pu dire d'elles qu'elles étaient des sœurs. Elles adoraient même toutes les deux le bleu. Son amie était toutefois légèrement moins timide qu'elle et lui semblait mille fois plus jolie. Quoi qu'il en soit, certainement dû à cette ressemblance, elles étaient devenues comme les deux doigts de la main.

— Ambre est encore venue me solliciter pour rejoindre son cercle de Reines, s'exprima-t-elle.

Eugénie approuva son ressenti.

— Je devine ton appréhension.

— C'est horrible, fit Mélisande en mettant sa tête entre ses mains, je ne me vois absolument pas faire ça.

— Eh bien, ne le fais pas, déclara Eugénie tout simplement.

Mélisande leva les yeux vers sa consœur.

— Oui mais j'ai l'impression que si je ne le fais pas, je serais la dernière des nases.

Son amie fit la moue.

— Je ne vois pas en quoi cela ferait de toi une fille nase. Au contraire, cela ferait de toi une personne sensée.

Mélisande sembla difficilement convaincue.

— Tout le monde ici a l'air si épanoui, si libre, si confiant, sans complexe… même toi tu es plus à l'aise que moi.

— Cela ne veut pas dire que tu es en tort Mélisande. Juste plus timide.

— Mouais…

Eugénie la regarda avec une pointe d'incompréhension.

— En plus je ne vois pas pourquoi tu as si peu confiance en toi. Sérieusement, tu as un très joli corps, et je dois être l'une des rares si ce n'est la seule ici à t'avoir vue nue, et tu es franchement super. Alors je ne comprends pas. Même la Reine Agathe qui est pourtant forte est moins complexée que toi. Et elle n'a même aucun complexe alors que pour beaucoup son poids serait une gêne.

Mélisande hocha de la tête. C'est vrai qu'Agathe était plutôt enrobée, mais ses kilos lui allaient bien, et on lui avait même paraît-il proposé de rejoindre ce fameux cercle. Elle avait toutefois refusé d'après ce qui se disait.

— Je ne sais pas… j'ai toujours été la moins belle dans mon entourage, et ici aussi… Je l'ai toujours ressenti comme une honte, celle qui est banale.

Eugénie désapprouva de la tête.

— Tu n'es pas banale, tu es exceptionnelle. Dans un monde où les blondes, les filles aux bonnets D et les bimbos sont légion, tu es une perle rare…

— Oui, mais je ne vois pas pourquoi je le serais…

Eugénie lui prit les mains en main.

— Écoute, de toute façon tu as spécifié aux membres sur tes cartes de Reines que tu n'enlevais rien ni te laissais toucher, donc personne n'a à attendre plus de toi. Alors, refuse simplement, et quand tu seras prête, plus confiante, tu n'auras qu'à accepter si tu estimes devoir le faire.

— Oui…

Mélisande regarda l'heure sur l'horloge au-dessus de la cheminée. Elle allait être en retard si elle restait trop longtemps.

— Il va falloir que j'y aille, fit-elle, sinon je vais rater mon train.

— D'accord.

Les deux Reines se firent la bise et Mélisande repartit vers le labyrinthe.

— À bientôt !

— Sans faute !

Mélisande retourna dans sa loge et se changea rapidement pour remettre sa tenue de ville. La lanière de son sac sur l'épaule, elle referma à clé derrière elle une fois prête et retourna vers le labyrinthe. Quand Alice arriva dans l'autre sens.

— Ben tu pars déjà ? demanda-t-elle.

— Oui, sinon je serais en retard à la gare.

— D'accord, on se verra plus longuement la prochaine fois alors.

— Oui, sourit Mélisande.

Elle reprit son chemin, mais Alice l'interpella soudain.

— Au fait, j'ai accepté la proposition d'Ambre.

Mélisande eut un léger pincement et se tourna vers elle.

— Ah d'accord…

— Tu en seras aussi ?

La jeune femme se mordit la lèvre.

— Je ne sais pas encore trop…

Sur ces mots vagues, elle s'enfonça dans le labyrinthe pour ressortir du club. Elle se sentait toute bête maintenant de ne pas accepter. Devait-elle le faire ?

# VI

Adélaïde se tenait debout aux côtés de Phileas, entourée de Chloé, Mélisande, Eugénie, Sublime, Sarah, Caroline, Camilla, Kira, Mélusine et Corinne. Derrière eux, Alfred, Hector, Laurence, Francis et Charles étaient venus également.

La jeune femme ne connaissait pas Ambre, une des premières Reines du Club, mais elle était venue, par respect pour une ainée, parce qu'elle était Reine, et pour soutenir Phileas. Il ne semblait pas affecté de prime abord, mais elle savait qu'il se sentait responsable d'une manière ou d'une autre. Les Reines, les Cavaliers, il avait fondé cette famille et s'estimait le devoir de les protéger. Il avait déjà perdu trop de monde à son goût. Jean, Édouard et George tués à cause de l'*Organisation*, Prunelle, assassinée sur ordre d'un sénateur américain… Il détestait son impuissance face à ces morts, et elle le savait. Lui donnant la main, elle lui adressa un regard. Il était entouré d'amis, et Ambre recevait les hommages du Club, ils ne pouvaient rien faire de plus que de venir à son enterrement. Il n'y avait rien d'autre à faire.

Reportant les yeux sur la cérémonie, Adélaïde songea aux personnes présentes. Chloé était sa plus ancienne amie chez les Reines. Elle et Jean étaient ses deux meilleures amies. Elle avait fait la connaissance d'autres Reines comme Myra, Pâris et Yinslyn, mais son vrai cercle de proches s'était vraiment formé avec Chloé, Jean, Sublime, Sarah, Caroline et Camilla, puis Corinne et Kira. Toutes ensemble elles étaient comme des sœurs, complices, confidentes et alliées. Elles se connaissaient toutes, intimement même, et étaient très soudées. Ensuite, après de longues années d'absences Mélisande et Eugénie étaient revenues au Club il y a quelques mois, et elles s'étaient naturellement ajoutées à leur cercle. De leur groupe c'était elles qui avec Pâris étaient les seules à avoir connu Ambre. Elles étaient de l'âge d'or comme Phileas aimait désigner cette période. Avec Jean et Mélusine, elles étaient parmi les premières Reines…

Adélaïde regarda les cercueils descendre en terre, et scruta à droite à gauche. Il devait y avoir quatre Reines qu'elle ne connaissait pas, datant même d'avant l'arrivée de Chloé. Elle le savait, car elles portaient elles aussi une broche marquée du H coupée du trident, symbole du Club des Damnés. Adélaïde ne put s'empêcher de sourire intérieurement. En 2011 un film était sorti sur les *X-Men* et présentait le Club des Damnés. Le « *Hellfire Club* » en anglais y était adapté du comics, et Phileas lui avait dit que l'auteur l'avait imaginé à partir du « *Hellfire Club* » de la série *Chapeau Melon et Bottes de Cuir*, lui-même adapté de celui ayant vraiment existé en Angleterre, notamment au XVIIIe siècle. Celui-là même dont il s'était lui inspiré en plus de celui des X-*Men* dont il avait repris le logo… C'était compliqué mais elle repensa soudain à ça, nerveusement amusée. Les gens en voyant ce logo sur leurs vestes devaient s'imaginer des geeks alors que ce n'était pas le cas…

Le prêtre termina sa lecture de la bible et clôtura son sermon.

Adélaïde fit un signe de croix par respect et observa les trois trous creusés dans le sol. La famille d'Ambre avait décidé de l'enterrer, son mari, leur fille et elle ensemble, tous côtes à côtes. C'était une bonne chose selon elle. Elle aimerait bien que ce soit le cas pour eux aussi s'il leur arrivait malheur. Qu'ils soient tous réunis dans la mort…

Suivant Phileas, la jeune femme partit saluer les gens venus rendre un hommage à cette famille emportée trop tôt, et serra des mains inconnues par condoléances, annonçant être une ancienne amie perdue de vue. Puis alors qu'ils commencèrent tous à partir discuter plus loin après avoir témoigné leurs derniers respects aux défunts, elle se rendit auprès de ses amies. Se retrouvant toutes, elles étaient silencieuses, moroses et peinées.

— Ça fait toujours mal quand une des nôtres part, que ce soit du Club ou dans la mort, s'exclama finalement amère Sarah.

— Oui, approuva Chloé. Et ça me rappelle Jean.

Adélaïde acquiesça, pensant aussi à son amie morte seulement deux ans et demi plus tôt mais lui semblant partie depuis des siècles, et le vent se levant, se couvrit un peu. Elle regarda en arrière vers le lieu de l'enterrement. Alfred, Hector, Francis, Laurence et Charles venaient vers elles, accompagnés des quatre anciennes Reines.

— Bonjour, s'exclama l'une d'entre elles, une blonde aux yeux d'un bleu incroyablement clair.

— Bonjour, répondit en premier Corinne.

Eugénie la salua de la tête.

— Peyton, la nomma-t-elle.

L'ensemble des filles se dit bonjour, et se présenta ensuite. Elles étaient toutes du même camp après tout. Les quatre anciennes Reines qu'Adélaïde ne connaissait pas s'appelaient Peyton, Agathe, Nathalie et Aurore, toutes antérieures à Chloé.

— Le Club est toujours aussi fantastique ? se risqua à demander Aurore pour briser la glace.

— Oui, annonça avec un sourire Caroline, même avec le déménagement.

— Oui j'ai entendu que les Rodiers avaient brûlé, annonça Agathe. Vous étiez là quand c'est arrivé ?

Le cercle d'amies hocha de la tête. Eugénie et Mélisande répondirent par la négative.

— Eugénie et moi on n'était pas encore revenues, répondit celle-ci.

— Et vous avez des nouvelles des autres ? lui demanda Aurore. De Jean, Délice, Prude ou même Karen et Alice ?

Les filles se regardèrent hésitantes.

— Alice est morte la semaine dernière, dans un accident de voiture, annonça Corinne qui l'avait rencontrée dernièrement.

— Et Jean est morte en 2012… fit Chloé.

— C'est moche…

— Les autres non on n'a aucune nouvelle, fit Eugénie, sauf de Pâris, qui est revenue elle aussi. Mais là elle est aux États-Unis, je crois.

Les anciennes Reines oscillèrent de la tête, tristes.

— Ça brise toujours le cœur de voir l'une d'entre nous nous quitter, parla Nathalie.

— Oui…

Adélaïde regarda les anciennes Reines et ses amies, ne sachant trop quoi dire, puis porta son attention sur les Cavaliers. Ils n'avaient pas prononcé un mot.

— Et vous, vous tenez le coup ? demanda-t-elle à Alfred.

— Oui, répondit celui-ci.

— Oui, fit Hector.

Francis, Laurent et Charles approuvèrent de la tête.

— On ne pensait juste pas devoir enterrer autant d'entre vous, s'exclama ce dernier.

Laurent acquiesça.

— Surtout vu notre âge… On vous a toutes connues dès vos débuts, on est tous plus âgés… Vous voir nous quitter c'est déjà difficile, mais en plus de cette façon…

— Oui, c'est sûr, fit Camilla.

— En tout cas vous n'avez pas changé, sourit Agathe.

— Tu parles, fit Alfred, je n'ai plus que des cheveux blancs maintenant, et je suis plus fatigué que jamais.

— En tout cas je remarque que tu as perdu quelques kilos Agathe, se permit de dire Hector, cela te va bien.

— Oui c'est ma grossesse, après j'ai perdu beaucoup…

— Mes félicitations ! Une fille ou un garçon ?

— Un garçon, un petit André.

Les filles et les Cavaliers s'enchantèrent.

— C'est super ça !

Tous furent heureux pour elle et la félicitèrent, excepté Adélaïde, qui repensa instinctivement à Jean et Adrien, ses jumeaux prisonniers elle ne savait où. Elle fut malheureuse en un instant et baissa les yeux.

Chloé voyant son chagrin émerger la prit dans ses bras.

— Désolée, lâcha-t-elle.

— Ce n'est pas grave, dit-elle les yeux rouges et humides, c'est juste que…

Adélaïde ne termina pas sa phrase. Regardant vers la route elle vit Phileas qui lui faisait signe de venir.

— Je vais vous laisser, bonne journée à tous, les salua-t-elle.

Les quittant, espérant que Chloé et ses amis l'excuseraient auprès des anciennes Reines, elle descendit la pente jusqu'à Phileas.

— Ça va ? lui demanda-t-il en la voyant les yeux rouges.

— Oui, merci, j'ai juste repensé aux enfants, c'est un peu dur.

Phileas la prit affectueusement dans ses bras.

— On les retrouvera chérie, promis.

Il lui déposa un baiser sur le front, puis l'embrassa langoureusement.

— Qu'est-ce que tu voulais me dire ? lui demanda-t-elle en se dégageant pour se vider la tête.

Phileas observa la sœur d'Ambre, retournée près des cercueils.

— Cathie m'a dit qu'ils ont sauvagement été tués avec une arme blanche, un long couteau d'après la police. J'ai dit que je demanderais à mon ami le commissaire Darignac de se charger de l'enquête.

— Tu veux qu'on jette un coup d'œil ? l'interrogea-t-elle.

— Pourquoi pas ? Cette coïncidence ne me plait guère…

— D'accord.

Adélaïde acceptait mais elle avait écouté d'une oreille distraite. Elle était triste. Jean et Adrien lui manquaient tout à coup plus que jamais. Elle donnerait tout pour tenir ses enfants dans ses bras, pour à nouveau être mère et parler de sa famille sans pleurer.

— Tu es sûre que ça va ? lui redemanda Phileas.

— Oui, oui… ça va passer ne t'inquiète pas.

Phileas lui prit les mains et essaya de la réconforter.

— Chérie, je m'inquiète.

— Ils me manquent Phileas, c'est tout… fit-elle en se dégageant encore pour s'essuyer les yeux et le nez. Et surtout de penser que Dru est encore vivant… ça me retourne l'estomac.

Phileas la regarda avec tristesse. Adélaïde savait qu'ils lui manquaient également. Lui aussi il vivait une existence fade sans leurs enfants. Mais là elle ne voulait pas de câlin, elle voulait ses enfants et il ne pouvait les lui donner…

— Allez viens, on rentre, annonça-t-il en l'emmenant vers la voiture. Chloé trouvera quelqu'un pour la ramener chez elle, elle comprendra.

VII

Karen expira fortement et reprit son souffle. Transpirante de sueur, elle observa rapidement autour d'elle les mains sur les hanches, balayant le paysage du regard, puis elle prit sa bouteille d'eau et s'en envoya une giclée dans la bouche. Repartant avant que ses muscles n'aient refroidi, ménageant son énergie et sa respiration, elle s'en alla avec difficulté terminer son dernier kilomètre.

Sortant du chemin principal pour passer entre les arbres sur le sentier pédestre, elle mesura son rythme cardiaque des doigts et trottinant à petits pas, elle regarda son podomètre. Karen avait couru onze kilomètres et six cents mètres. Il fallait au moins qu'elle finisse celui-là avant de s'arrêter. De toute façon elle n'aurait pas le temps d'en faire un autre, il fallait qu'elle rentre pour se doucher et partir travailler. L'hôpital ne pourrait se passer d'elle, même si elle le désirait.

Karen prit son mal en patience et termina sous un soleil de plomb le douzième kilomètre. À peine son podomètre l'indiquant, elle s'arrêta alors net de courir. Elle expira pour reprendre son souffle et apprécia soulagée la fin de son labeur. Elle avait un point de côté et ses muscles la tiraillaient mais c'était bon, elle avait fait son sport et à 34 ans après des mois sans activité, elle était fière de tenir autant. Elle avala la moitié de sa bouteille d'eau, respira encore fortement, puis fit de longs étirements et s'essuya avec sa serviette. Elle tamponna son ventre, son front, ses bras et sa nuque, puis la rangea dans son petit sac.

Défaisant sa queue de cheval, elle prit ensuite la direction de la sortie du parc pour regagner sa voiture.

La silhouette sombre et silencieuse descendit sur le sentier d'entre les arbres derrière elle. Sans un bruit, discrètement, elle s'approcha d'elle, un poignard en main. Karen n'entendit avant de mourir qu'une branche se cassant. La lame plantée avec rage lui perfora le poumon gauche en premier, lui faisant immédiatement recracher du sang. Puis elle reçut un deuxième coup juste à côté. Alors qu'elle tomba au sol, son meurtrier s'acharna sur sa dépouille et lui assena cinq autres coups dans le bas du dos avant d'en porter un au niveau de la nuque.

# VIII

Adélaïde et Phileas rentrèrent de l'enterrement dans un silence pesant. La jeune femme était encore malheureuse, et Phileas ne chercha pas à lui parler. Il savait que sa femme était triste et que rien ne pourrait y changer. Et Adélaïde l'en remerciait. Le regard perdu, elle repensait aux enfants, mélancolique, et ne désirait pas discuter. Cela faisait plus d'un an maintenant qu'ils leur avaient été enlevés et qu'ils étaient sans aucune nouvelle. Même pas un avertissement ou une information de la part de Dru et de l'*Organisation*. Ils n'avaient rien, et aucun service secret, aucune agence gouvernementale, ni aucun de leurs informateurs n'avait de piste ou de trace d'eux. Alors elle prenait son mal en patience, elle souffrait en attendant le jour où elle recevrait le coup de fil, celui d'un agent ou de son mari lui disant « nous les avons trouvés ». Adélaïde eut les yeux rouges. La main de son époux sur sa cuisse pour la réconforter, puis saisissant sa propre main pour la serrer chaleureusement, elle se surprit même à préférer qu'ils soient morts pour pouvoir faire son deuil. Mais Adélaïde refusa en un instant cette idée. Elle était une mère, et ses enfants comptaient trop pour elle. Elle voulait les récupérer à tout prix. Elle ne voulait pas qu'ils soient morts, elle voulait les retrouver.

Phileas gara l'Aston Martin au garage et ils rentrèrent chez eux.

— Je vais aller me coucher un peu, annonça Adélaïde en retirant sa veste.

— D'accord, répondit Phileas, je vais ranger un peu et aller sur internet.

Adélaïde acquiesça et partit se déshabiller et se coucher. Phileas lui apporta un verre d'eau et un somnifère et lui déposa un baiser sur le front. Elle s'endormit rapidement.

*Quatre heures plus tard.*

Adélaïde se réveilla en milieu d'après-midi. Émergeant avec douceur de son sommeil, elle resta une quinzaine de minutes encore triste dans son lit à broyer du noir, puis elle se força à se lever pour se changer les idées. Sans même s'habiller, elle descendit alors en culotte et débardeur voir ce que Phileas faisait.

— Chéri ? demanda-t-elle.

— Je suis dans la cuisine !

La jeune femme se dirigea vers son époux, quand en arrivant dans la pièce, elle ne put s'empêcher d'avoir un sourire au visage et du baume au cœur. Phileas lui avait préparé des crêpes.

— Je me suis dit que tu avais besoin de ton dessert préféré… dit-il compatissant.

Adélaïde regarda Phileas avec amour. Sans rien dire, elle s'avança vers lui, l'embrassa et le prit dans ses bras.

— Je t'aime chéri.

— Moi aussi, répondit Phileas.

Se dégageant de son étreinte, il lui tira une chaise, l'invita à s'asseoir et déposa une assiette de dix crêpes devant elle.

Un verre de cidre en accompagnement, il lui sortit la chantilly, quelques fruits et le coulis de chocolat.

— Aujourd'hui, on s'en fout du régime, sourit-il.

Adélaïde le regarda avec amour, puis commença à manger.

— Elles sont délicieuses mon amour.

Phileas approuva de la tête en en mangeant une dans l'assiette qu'il s'était préparé.

— J'ai fait la recette de ta mère, annonça-t-il.

— Ah ? Tu t'en souvenais ?

— Chaud, chaud, fit-il en en prenant une en main avant de la rejeter dans son assiette. Oui, oui, mais je l'ai appelée quand même pour être sûr.

Adélaïde regarda son époux avec surprise.

— Tu l'as appelée ?

— Oui.

Adélaïde mangea sa crêpe, toujours aussi étonnée.

— Je me demande ce qui me surprend le plus, toi qui oublies une recette ou qui appelles ma mère alors qu'on est en froid ?

Phileas regarda Adélaïde tout en mangeant.

— C'était un prétexte, je la connais par cœur, bien obligé, j'ai épousé sa fille. Bah, on a bien discuté, elle a demandé de tes nouvelles. Ils ont aussi demandé comment avançaient les recherches.

— Pas de remarques désobligeantes ? Pas de critiques ?

— Non, pas du tout.

Adélaïde haussa les sourcils en tartinant de chocolat la crêpe suivante. Quand les enfants avaient été enlevés, elle s'était avec honte et douleur résolue à le leur dire, et à leur annoncer la vérité, pourquoi on s'en était pris à eux ainsi. Depuis ils étaient en froid, son père et sa mère n'acceptant pas ce qu'elle avait fait de sa vie et reprochant à Phileas de la lui avoir imposée. Mais ce qui lui avait fait le plus mal c'est qu'ils ne lui pardonnaient pas d'avoir perdu les enfants. Et elle avait beau se dire que ce n'était pas sa faute, elle pensait la même chose…

— Tu sais, reprit Phileas, je pense qu'ils sont aussi détruits et démunis que nous, et qu'ils t'aiment, seulement ce fut un choc pour eux, et ils n'arrivent pas à l'accepter. Ce doit être difficile.

Adélaïde approuva avec amertume.

— Je le sais, mais je n'arrive pas à décrocher le téléphone pour leur parler… Comment a réagi Alfred en découvrant qu'il avait un fils ? Et une petite fille ? Et en apprenant quelle était ta vie ?

Phileas esquissa un sourire.

— Je suis allé chez lui, il jardinait dans son potager. Je lui ai demandé s'il était Alfred Collenly, il m'a répondu oui. Je lui ai alors tendu la photo de maman. Il a failli avoir une crise cardiaque en la reconnaissant. Il n'avait aucune trace, aucun souvenir matériel d'elle, juste sa mémoire. Je me souviens qu'il était fou de joie, qu'il la reconnaissait très bien et sembla revivre. Je lui ai demandé s'il se souvenait de son nom. Il m'a dit que c'était *« mademoiselle Valentina »*, qu'il avait aimée en Italie. J'ai alors pleuré de joie et je lui ai dit *« Bonjour papa, je suis ton fils »*.

— C'est trop beau, s'émut Adélaïde.

Phileas rigola.

— Il a fait des yeux ronds et je lui ai expliqué ce qu'il s'était passé, mon enfance à l'orphelinat, mon adolescence… Puis il a fait ses valises et est venu vivre ici près de moi. Le lendemain Wanda est arrivée âgée de trois ans et quand il l'a vue, il a versé une larme. Il l'a prise dans ses bras et elle a dit le plus gentiment du monde : *« Tu es le papa de mon papa ? Je t'aime ! »* Puis elle l'a serré fort dans ses bras.

Adélaïde s'émerveilla.

— Cela devait être trop mignon pour toi.

— C'était l'un des plus beaux jours de ma vie, concéda Phileas.

— Tu m'étonnes, et pour Alfred aussi.

Adélaïde se ravit d'avoir entendu cette histoire.

— Je pense que ça a fait du bien à Wanda de rencontrer son grand-père, avoua-t-elle en buvant son cidre.

— Oh oui, cela l'a rendue heureuse. Et Marianne fut un peu une grand-mère pour elle.

Adélaïde fit une moue amusée.

— J'imagine bien *D* venir chez vous et lui apprendre à faire du vélo.

Phileas s'esclaffa.

— Oh, c'était le cas. Elle en a passé des heures avec elle. Et ses fils venaient aussi, je crois d'ailleurs que le plus grand avait le béguin pour Wanda, et un jour ils ont disparu une heure tous les deux alors qu'elle avait quinze ans. On n'a rien demandé mais on a deviné qu'il allait falloir les surveiller.

— Oui, connaissant Wanda, j'imagine, bien, s'amusa Adélaïde en continuant à manger.

— Non mais tu t'imagines, pouffa Phileas, si j'avais retrouvé papa alors que Wanda était ado ? Elle serait rentrée en disant avec son sale caractère en italien *« C'est qui le vieux »* ? Et il aurait répondu *« Le vieux c'est ton grand-père et il est content de te voir lui aussi ! »*.

— Ça aurait été drôle en effet.

Les deux époux continuèrent à manger, amusés et discutant de choses et d'autres. Adélaïde ne repensa presque plus à son mal-être. Elle avait retrouvé le sourire, retrouvé la force de vivre sa vie en attendant de redevenir mère… Puis ils rigolèrent encore du sale caractère de Wanda, quand Jarod et elle ouvrirent justement la porte d'entrée.

— Hey les amoureux ! s'exclama la jeune Italienne en relevant ses lunettes de soleil sur ses cheveux.

— Hello, s'exclama Jarod.

— Salut, répondirent-ils en cœur.

S'avançant vers eux, Wanda déposa son sac de randonneurs à terre et fit la bise à Adélaïde puis à son père par-dessus la table. Faisant de même, déposant un sac semblant encore plus lourd, Jarod la suivit dans sa démarche.

— Ben alors Adélaïde, c'est quoi cette tenue ? rigola Wanda en la pinçant au ventre.

— Je ne pensais pas que vous alliez rentrer aujourd'hui, sourit-elle.

Elle serra sa belle-fille dans ses bras, heureuse de la revoir, puis en fit de même avec son petit-ami.

— Non mais je me doute, ce n'est pas grave. Moi c'est pareil, je suis tout le temps en petite tenue à la maison.

— Moi je m'en fous, plaisanta Jarod.

— Dis donc toi ! s'amusa Wanda.

Bien que de se montrer dans cette tenue ne la gênait pas, Adélaïde remonta se changer par respect. Enfilant un soutien-gorge sous son débardeur et un pantalon sur sa culotte, elle redescendit alors dans la cuisine où un fou rire régnait déjà.

— Qu'est-ce qui se passe ? demanda-t-elle.

Phileas rigola plus encore et Jarod prit la parole.

— On disait que Wanda a fait sa fière dans une randonnée et à un moment elle a dérapé et dévalé cent mètres de neige sur les fesses ! Mémorable !

Adélaïde rigola à son tour aux dépens de sa belle-fille.

— Ah tu devais avoir l'air fine dis-moi.

Wanda acquiesça.

— J'étais rouge de honte devant vingt personnes ! C'est là que j'ai compris que j'avais grandi, quand j'ai réalisé que j'étais une adulte honteuse et plus une sale gamine difficile.

— Ola, depuis le temps que j'attends ça ! ricana Phileas.

Wanda tira la langue à son père, qui en fit de même. Puis se frottant les mains alors que les deux amoureux montèrent leurs sacs dans la chambre de Wanda, il se remit aux fourneaux pour préparer de nouvelles crêpes. Adélaïde venant derrière lui, elle passa ses bras autour de sa taille.

— Ce soir on mange quoi ?

— Il fait beau et comme Wanda et Jarod sont là, on pourrait se faire un barbecue non ?

Adélaïde approuva.

— Bonne idée. Je vais aller promener Cerebro et ensuite on passe un peu de temps ensemble avant de s'occuper du repas ?

Phileas confirma ses projets et lui déposa un baiser sur la joue.

— Pas de soucis, on fait comme ça… enfin si tu trouves Cerebro, il ne rentre pas beaucoup en ce moment, il sort se promener tout seul et rentre quand il a faim ou envie de chahuter Blanche.

Adélaïde fronça un sourcil.

— Blanche ? appela-t-elle.

Elle regarda par-dessus le bar dans l'entrée et dans le salon et vit une petite tête sortir de derrière l'accoudoir du canapé.

— Elle, elle est là…

Adélaïde se rendit au salon et leur chatte blanche affalée sur le dos, elle lui fit des gratouilles sur le ventre. Elle ronronna immédiatement en s'étirant de tout son long.

— On a ce qu'il faut en nourriture ? demanda-t-elle.

— Oui, je pense, on a de la viande et de quoi faire des salades. Quoique je voudrais bien des grosses crevettes et du magret pour le barbecue.

— Ah moi aussi tiens.

Phileas poussa un sifflement aigu et puissant. Cerebro finalement rentré accourra rapidement du jardin jusqu'à son maître.

— Tu vas aller te promener avec maman hein ? Oh oui, il va aller faire des courses le bon chien !

Le labrador blond aboya en remuant la queue puis se rendit auprès d'Adélaïde. Il mit les deux pattes avant sur le canapé pour renifler Blanche qui s'enfuit pour aller s'installer dans un endroit tranquille, puis il partit attendre près de la porte d'entrée.

Adélaïde prit les clés, son porte-monnaie et sortit.

— Bisou chéri !

— Bisou !

Elle referma derrière elle et se rendit jusqu'au supermarché du coin. Cerebro marchant à ses côtés ou reniflant les défécations des autres chiens pour ensuite marquer son territoire, elle y arriva au bout d'une dizaine de minutes.

— Tu attends là d'accord ? lui ordonna-t-elle.

Cerebro aboya, remua de nouveau la queue et attendit en s'asseyant à côté de l'entrée.

Adélaïde fit ses emplettes et ressortit un quart d'heure plus tard. Cerebro sur ses talons, elle rentra alors.

La fin de journée se termina rapidement. Phileas et elle firent l'amour puis elle rejoignit Jarod et Wanda dans la piscine pendant que lui prépara le repas et alluma le barbecue. Lorsque ce fut prêt, ils mangèrent en maillot de bain, le temps étant excessivement printanier pour un mois de novembre, puis fatigués les deux époux allèrent se coucher. Restant un peu plus longtemps éveillés, Wanda et Jarod eux regardèrent un film.

*18 novembre, cinq heures du matin.*
Adélaïde se réveilla et ne réussissant plus à dormir, se leva. Elle prit rapidement une douche puis elle s'habilla. Elle n'irait au *Service* qu'à huit heures, prenant un café, elle s'installa donc à son ordinateur dans son bureau.
— Hey, la salua Phileas.
— Hey !
Adélaïde regarda son mari. Debout dans l'encadrement de la porte, il portait un boxer et un tee-shirt et se grattait le cuir chevelu.
— Tu peux te recoucher chéri, il n'est que cinq heures et demie, lui annonça-t-elle.
Phileas hocha de la tête.
— Je sais, je sais.
Il bâilla un coup.
— Je dois me faire vieux, d'habitude c'est moi qui suis levé avant toi.
Adélaïde sourit et le regarda par-dessus ses lunettes.
— Bah ça arrive.
— Mouais, ce doit être les dix ans qui nous séparent qui me rattrapent…
Phileas la regarda encore, seulement éclairée par son écran de 24 pouces puis descendit se servir un verre de jus d'orange et manger un pamplemousse. Remontant il prit

rapidement une douche et s'habilla à son tour. Là où sa femme très chic avait mis une jupe de tailleur noire et un simple chemisier blanc, sans rien en dessous, il enfila lui un jeans et un tee-shirt. Beaucoup plus basique, il ne se mettait sur son trente-et-un que pour les missions ou pour les grandes occasions.

Phileas caressa Blanche qui était venue dormir dans leurs draps chauds, puis fit leur lit et ouvrit les fenêtres. Faisant ensuite le tour de la maison, il mit un peu d'ordre dans le salon du premier étage où visiblement Wanda et Jarod s'étaient laissés emporter en regardant un film. Ramassant les coussins du canapé et les rangeant, il alluma la télévision pour écouter les informations de six heures.

— « ... *un excellent reportage de Philippe Martin »*, conclut le présentateur télévisé.

Écoutant distraitement les news, Phileas repensa à Adélaïde. De la savoir simplement habillée de son chemisier et de sa jupe qui lui allaient à ravir, il ne pouvait s'empêcher de la désirer. Il lui referait bien l'amour, là sans ménagement. Il déferait un ou deux boutons de son chemisier pour avoir le champ libre pour peloter ses seins, et relevant sa jupe, il n'aurait aucun mal à la prendre contre son bureau... Ce serait tellement bon pensa-t-il.

— *« ... continuant avec ce fait-divers macabre ; un jeune docteur a été retrouvé mort hier dans le parc Eden jouxtant l'hôpital Bellepierre. La jeune femme, Karen Williams a été poignardée de huit coups de couteaux par un inconnu durant son jogging. »*

Phileas se redressa d'un coup. En un éclair il regarda la télévision, son sang ne faisant qu'un tour, et le cœur battant, il scruta un dixième de seconde le présentateur annoncer la nouvelle. Puis bondissant dans le couloir, il courut jusqu'au bureau d'Adélaïde.

— CODE ROUGE ! lui hurla-t-il.

Adélaïde le regarda en sursautant, et comprenant affolée la portée de ses paroles, appuya instinctivement sur un bouton de son logiciel. Son interface devenant immédiatement rouge, l'information se propagea à vitesse grand V, et leurs ordinateurs, téléphones et montres à tous se mirent à tinter de rouge et d'une alarme stridente.

Se levant, elle courut auprès de son mari. Phileas était déjà au téléphone, essayant de prévenir les Cavaliers.

— Club des Damnés en code rouge ! Je répète, Club des Damnés en code rouge ! annonçait-il.

Jarod et Wanda encore en pyjama sortirent en trombe de leur chambre, alertés par leurs téléphones.

— Il se passe quoi ? demanda-t-elle paniquée.

Phileas se tourna vers sa fille.

— Les Reines se font tuer !

# IX

Wanda et Jarod s'habillèrent en flèche et montèrent vélocement dans le 4X4 Audi d'Adélaïde.

— Code Rouge pour le Club des Damnés et Code Noir pour le *Service*, c'est ça ? demanda Jarod inquiet en s'installant à l'arrière.

Adélaïde fit une marche arrière à toute vitesse et déboula dans la rue sans crier gare.

— Et Code Prioritaire, mes enfants ! annonça-t-elle fermement.

Les pneus grinçants, elle partit en trombe pour gagner le Q.G. du *Service*. Tout en conduisant, elle appuya sur un bouton de la console principale de navigation.

— Communication Phileas Queneau, agent six, demanda-t-elle.

— « *Agent double-zéro six, connexion* », annonça la voix numérique.

— Phileas ?

Déjà parti au volant de l'Aston Martin, son mari roulait tout aussi vite qu'elle.

— « *M, je vais à la cathédrale ! Envoyez des agents aux demeures de toutes les Reines, anciennes et nouvelles dont vous avez l'adresse, et rassemblez les informations concernant la mort d'Ambre Defaune, épouse Marin, d'Alice Marjow et de Karen Williams.* »

Alors qu'il parlait, Jarod tapait déjà la recherche sur son ordinateur portable.

— Bien reçu ! s'exclama Adélaïde. Wanda, appelle Chloé !

Phileas coupa la communication et appuya sur sa propre console d'appel.

— Papa ! ordonna-t-il.

L'ordinateur composa le numéro d'Alfred et le mit en relation.

— « *Fils ?* », s'exclama immédiatement le Cavalier.

— Papa, on est compromis ! Le club est en danger !

— « *Quoi ?* », s'alarma Alfred.

— Ambre, Alice et Karen sont mortes à moins de deux semaines d'intervalle, dont deux officiellement assassinées ! Je veux que les Cavaliers ferment le Club, qu'on renvoie les membres chez eux et qu'on y rassemble les Reines présentes ! J'ai laissé un message sur le répondeur mais je ne pense pas que quelqu'un l'ait déjà vu.

— « *D'accord ! Pour les autres Reines ?* »

— Le *Service* est passé en Code Rouge depuis cinq minutes, Adélaïde envoie des agents chez elles !

— « *Compris !* »

Phileas raccrocha et appuya sur la pédale d'accélération. Puis il appuya de nouveau sur la console.

— Ordinateur, appelle Scott !

— « *Agent Scott Italius actuellement en infiltration au Japon, communication indisponible.* »

Phileas pesta en tapant sur le volant.

Alfred ouvrit la porte de la salle des Cavaliers à la volée et y entra.

— TROIS ANCIENNES REINES ASSASSINÉES, TOUT LE MONDE EN CODE ZÉRO-UN ! hurla-t-il.

Les Cavaliers se retournèrent vers lui surpris par son entrée. Puis entraînés et connaissant leurs missions, ils partirent immédiatement condamner les accès à la cathédrale. Alfred se rendit alors lui à l'étage des Reines.

— Mes Reines, cessez toutes activités, allez chercher vos consœurs et réunissez-vous dans la salle de bal ! annonça-t-il d'une voix forte. Ceci n'est pas un exercice, tout le monde descend !

— Hein ? fit Sublime en passant la tête en dehors de sa loge.

— Quoi ? demanda Frivole.

Alfred les regarda et indiqua du doigt au fond du couloir l'accès vers la tour Sud-Est menant à la salle de bal.

— Go, ne me forcez pas à me répéter ! parla-t-il fermement.

Revenant sur ses pas, il se dirigea vers les douches.

— Dieu que je déteste faire ça, s'exclama-t-il.

Fermant les yeux, il ouvrit la porte.

— Habillez-vous, rassemblement d'urgence !

Avant même que les cris de gêne ne fusent, il referma la porte et se rendit vers le bureau de son fils. En ouvrant la porte, il y entra et se dirigeant vers son secrétaire, prit la clé ouvrant les archives.

Adélaïde grilla un feu et passa entre deux voitures, toutes sirènes enclenchées et gyrophares clignotants.

— Jarod ? Tu as quoi ?

Le jeune homme regarda sa cheffe et reporta les yeux sur son ordinateur.

— Rapports de police encore non rédigés pour Karen Williams. Ambre Defaune a été tuée à l'arme blanche avec sa fille Marie de sept ans et son mari John. La gamine a été assassinée dans son lit durant son sommeil puis ce fut le mari dans la seconde chambre et enfin Ambre dans le couloir. D'après le rapport du légiste, c'était un couteau pour dépecer la viande. La police scientifique a conclu à un dysfonctionnement des freins pour la voiture d'Alice Marjow. Elle était en voiture avec sa fille de cinq ans, son fils de huit, et son mari !

Wanda assise devant regarda sa belle-mère.

— Tu les connaissais ?

— Non, je suis trop jeune, elles datent d'avant mon arrivée, mais certaines de mes amies doivent les connaître ! J'étais à l'enterrement d'Ambre hier avec ton père !

Adélaïde klaxonna un grand coup et doubla une voiture par la droite.

— Chloé, t'as intérêt à rester chez toi et à dire aux autres de ne pas faire de connerie ! jura-t-elle à voix haute.

Phileas arriva sur le parking souterrain près du pont Clément et coupa le moteur. Sortant et la fermant à distance, il fonça vers la vieille porte menant au quai abandonné. Appelant une rame, il monta à l'intérieur en direction du Club.

Alfred s'assura que toutes les Reines se rendaient bien vers la salle de bal et descendit les rejoindre.

— Toutes les portes sont verrouillées, annonça Basile en le rejoignant.

— Timothy, Lucius et Christopher dirigent les membres vers leur sortie, compléta Hector en les attendant au bout du couloir.

Ils le rejoignirent.

— Bien, on attend Phileas maintenant, conclut Alfred en menant la marche.

L'homme du club monta à toute allure l'escalier et arriva dans la tour Sud-Est. Se dirigeant vers la salle de bal il les retrouva.

— Rapport ? ordonna-t-il.

— Les autres évacuent les membres, toutes les Reines présentes sont rassemblées ici, lui répondit le Cavalier Jim.

Phileas regarda les Cavaliers présents et les filles. En tenues de Reines, légères ou chargées, elles le toisaient avec une pointe de surprise.

— Cavaliers, la moitié allez dans la salle verte, contactez toutes les autres dont on a les numéros, prévenez-les ! Je vais parler aux Reines !

Ses bras droits acquiescèrent et exécutant ses instructions, Phileas se retrouva entouré de six d'entre eux. Croisant entre autres le regard de Sublime, Eugénie et Caroline, il choisit de garder sa neutralité. Les plaçant au même niveau que les nouvelles Reines ne sachant rien des dessous du Club, il se montra impartial dans son approche.

— Mesdames, en tant que maître des lieux, je vous déclare que cette mesure exceptionnelle fut décidée sur mon ordre, déclara-t-il haut et fort en les regardant. Il a été porté à ma connaissance la mort de trois anciennes Reines, et par mesure de sécurité je préfère attendre que nos services obtiennent les tenants et les aboutissants de cette affaire avant de rouvrir le club !

Phileas leur laissa quelques instants le temps de réfléchir à ses mots.

— Le club rouvrira donc dès que nous aurons confirmation de la situation exacte, les rassura-t-il ensuite. En attendant, par souci de précaution je vous invite à rester ici ou à rentrer chez vous. Il n'y a aucune raison de penser que le Club des Damnés est menacé avant d'en savoir plus.

Il regarda les yeux interrogateurs lui faisant face mais n'écouta pas le brouhaha commençant à se lever.

— Pour plus d'information, les Cavaliers vous indiqueront le protocole lorsqu'un doute raisonnable est permis sur la sécurité du Club. Si vous désirez toutefois me poser personnellement des questions, je serais dans mon bureau. En attendant, je vous suggère de vous rhabiller. Vous serez payées pour cette journée.

Sur ces dernières paroles, il les laissa là entre les mains des Cavaliers et monta à l'étage des Reines vers son bureau. Resté volontairement vague pour ne pas les alarmer plus que de raison avant d'en savoir plus, il n'eut toutefois pas fait dix mètres dans le couloir des Reines qu'Eugénie et Mélisande le rejoignirent.

— Qui est la troisième Reine ? demanda Mélisande.

Phileas se retourna vers elle.

— Karen Williams, annonça-t-il.

— La Reine Psyché, se remémora Eugénie. Assassinée ?

— Oui, dans le parc à côté de l'hôpital où elle travaillait, révéla Phileas.

— Tu penses que c'est lié à ton service secret ? demanda discrètement Mélisande.

— Je ne sais pas encore, avoua-t-il, on va devoir enquêter. D'ici là on applique toujours la règle, motus et bouche cousue aux Reines qui ne savent pas pour le *Service*, les autres, restez discrètes si vous en parlez.

— D'accord. Et pour nous ?

Phileas regarda vers son bureau puis concéder à leur expliquer la procédure avant de les laisser.

— Le *Service* va vous surveiller à bonne distance, vous aurez un garde du corps chacune qui vous suivra. On va augmenter la sécurité chez vous.

— D'accord, bien, accepta rassurée Eugénie.

# X

*15 ans plus tôt.*

Mélisande était arrivée au Club des Damnés pour 18 heures. Tenant presque immédiatement compagnie à un homme d'affaires d'âge mûr de passage en ville, et qui s'était montré des plus courtois avec elle, sa soirée avait défilé à toute vitesse. Il l'avait fait rire, il l'avait flattée, il l'avait émerveillée par ses histoires, et bien que désireux de plus d'intimité, il n'avait aucunement cherché à la brusquer. Patient, il avait pris le temps de la mettre en confiance et de la rassurer. Bien sûr Mélisande s'était sentie gênée sous chacun de ses regards, le devinant inspecter des yeux son corps largement découvert par une lingerie en dentelle bleutée, mais bizarrement, étonnement, elle se laissa aller, rassurée par cet homme visiblement expert et sûr de lui. Elle en était à tel point confiante, et même à force désireuse, qu'extraordinairement elle l'autorisât à l'embrasser, et même, comble pour elle, à lui laisser de la phalange du majeur lui caresser le clitoris et passer entre ses lèvres… Timide, gênée de se laisser ainsi touchée dans la salle des sens mais « heureuse », elle défaillit un peu, mouillée, et les seins pressés par une main expérimentée. Peut-être était-ce les trois verres de vin qui l'avaient désinhibée, mais toujours est-il qu'elle connut ainsi son premier doigt, et son premier plaisir. Mélisande les jambes pressées l'une contre l'autre vécut alors une transformation. Elle aimait ça… Le pressant de la main pour qu'il continue, elle connut deux autres doigts, et fut chamboulée dans ses convictions. C'était quelque chose qu'elle attendait, mais qu'elle n'aurait jamais souhaité ou imaginer vivre ici, c'était quelque chose qu'elle ne voulait pas faire ici. Et pourtant, à la vitesse de l'éclair, ça y était. Elle devenait une femme…

Eugénie s'était présentée elle aux Damnés pour 19h30. Après une demi-heure passée à servir les boissons, les toasts de foie gras ou de caviar et les délices de fromages, elle concéda à un promoteur immobilier le reste de son temps de présence. Installée sur ses genoux, elle profita alors du champagne commandé et se laissa conter fleurette. Venu pour se changer les idées, oublier le boulot et une femme devenue invivable, il semblait simplement vouloir passer un bon moment. Se laissant charmer, elle avait donc accepté de se faire caresser la poitrine, les fesses et l'autorisa à passer ses doigts sous sa culotte tout en l'embrassant dans le cou. Elle glissa même sa main dans son pantalon pour le masturber jusqu'à ébullition. Moins timide, plus à l'aise, Eugénie profitait de la vie, surtout au Club des Damnés.

*23h37.*
Les deux amies étaient installées dans la loge numéro 4. Leurs clients satisfaits, elles s'étaient retrouvées là une fois leur départ pour décompresser et discuter un peu ensemble avant de rentrer elles aussi chez elles. Allongées sur le lit à baldaquin dans leurs tenues de Reines, elles dégustaient ainsi du raisin apporté pour elles par un Cavalier tout en appréciant d'être enfin au calme et seules.

— Tu ne crois pas que tu en fais un peu trop ? s'exclama Eugénie en avalant un raisin couchée sur le dos en regardant le plafond.

Mélisande regarda son amie, hésitante, songeuse. Elle installée sur le ventre, elle jouait des jambes pour tromper son malaise tout en auscultant la propreté de ses ongles.

— Je ne sais pas, mais je me sens honteuse d'être l'une des rares à qui on ait proposé de participer et de refuser cette offre.

Eugénie lui tendit une grappe et ricana.

— Ah ? Ben dans ce cas, jette-toi par la fenêtre tout de suite.

— Haha, très drôle, fit quelque peu déçue de ce pique Mélisande.

Eugénie la regarda en hochant négativement de la tête.

— Non mais tu penses bêtement, alors tu peux aussi bien agir bêtement.

— Ce n'est pas ça...

— Si tu ne veux pas être ce type de Reine, tu n'as pas à t'en vouloir de refuser, non ?

— Oui mais…

— Oui mais ?

Mélisande avala quelques raisins.

— J'en ai un peu envie… avoua-t-elle timidement.

Eugénie se retourna sur le ventre pour se rapprocher d'elle.

— Tu sais, annonça-t-elle en terminant sa grappe, tu n'as pas à te sentir obliger quand même, prends ton temps pour te décider. Regarde déjà le temps que tu as pris à te décider à accepter la proposition de Phileas.

— Oui mais c'est différent maintenant… Au final je me sens bien ici, et j'ai envie d'essayer plus… Je veux dire, après ce qu'il vient de se passer… j'ai envie de rattraper le temps perdu, j'ai envie de…

— Oui, je vois ce que tu veux dire.

Eugénie acquiesça. Elle-même elle se souvenait avoir eu du mal à se décider à devenir Reine, mais elle avait voulu pouvoir financer ses années d'étude en médecine. Mélisande, elle avait cherché à aider sa famille et à financer ses projets, et c'est pour ça qu'elle avait accepté. Alors c'était vrai que loin d'être aussi dégradant que ce qu'elles pensaient, leur « travail » était des plus agréables à exécuter, de plus Phileas était un type réglo, et elles étaient bien payées et forcées à rien, mais de là à aller plus loin… elle, elle ne s'en sentait pas l'envie. Elle se laissait parfois toucher, elle acceptait même de branler certains clients, mais elle ne se voyait pas vraiment faire plus, ou du moins déclarer qu'elle était là pour le faire. Cela devait rester exceptionnel. Si son amie le désirait toutefois elle, elle devrait pourtant y réfléchir posément.

— Si tu t'en sens prête uniquement, Mélisande, conclut-elle. Tu préfères vivre avec des remords ou des regrets ? Pèse bien le pour et le contre. Ne fais pas quelque chose que tu regretterais.

— Ben j'ai envie de voir ce que je suis capable de faire, si je suis à la hauteur.

— Par fierté ? Parce que tu es complexée à cause de ta timidité ? Parce que tu es toujours vierge ?

Mélisande baissa les yeux.

— Je ne sais pas, je te l'avoue franchement, je ne sais pas du tout.

— Alors, prends le temps de savoir déjà pourquoi tu veux le faire.

Mélisande hocha de la tête.

— Tu as raison. Mais tu es d'accord que c'est cool ici non ?

— Oh oui, c'est le plus beau métier du monde, s'amusa Eugénie, de nouveau sur le dos en avalant son raisin et en jonglant avec trois autres.

Mélisande sembla réfléchir.

— J'aimerais bien devenir une grande Reine, ce serait cool, annonça-t-elle. Mais je ne sais pas si Phileas accepterait que j'en sois une si je refuse cette offre.

Eugénie fit tomber dans sa bouche les trois raisins avec lesquels elle jouait.

— Tu crois ? Cela me paraîtrait bizarre, dit-elle en mangeant. Il n'a pas l'air de récompenser les chaudasses plus que les autres.

— Tu penses ?

— Il ne cherche pas à ce qu'on couche à tout prix, il n'en profite pas. Je pense que cela en dit long sur lui…

— Je ne sais pas…

Mélisande se releva.

— Bon, je vais y aller !

— Déjà ? demanda Eugénie.

— Yep, j'ai une vie à côté !

— Haha, on sait tous les deux que c'est faux !

Mélisande fit la bise à son amie et quitta la loge sans rien ajouter. Elle avait besoin de rentrer chez elle, de réfléchir un peu. Bon sang, elle s'était laissée masturber et avait même touché un pénis ce soir. Ce n'était pas du tout prévu, cela s'était passé comme ça, mais maintenant qu'elle en avait goûté un peu, elle avait envie de plus. Ces quelques dizaines secondes où elle avait masturbé ce large sexe, cet instant où elle l'avait avec courage mais honte embrassé et suçoté, quand elle avait senti ses doigts en elle la faire perdre ses moyens… Mélisande en voulait plus, elle voulait se faire pénétrer, elle voulait connaître les joies de l'amour. Elle était prête. Revenant vers l'escalier en colimaçon, elle descendit dans la salle des sens pour rejoindre le labyrinthe et partir. Mais euphorisée par sa nouvelle expérience, désireuse d'en connaître plus, elle avait décidé de se laisser porter par l'instant et de dire oui. Retrouvant ses consœurs réunies justement devant le bureau de Phileas, elle se présenta alors à elles sûre d'elle.

— J'en suis ! J'accepte ! annonça-t-elle avec le sourire.

— Cool ! fondit immédiatement de joie Karen.

— C'est super, t'es géniale, renchérit Ambre.

La jeune Reine la serra dans ses bras et lui fit une bise chaleureuse.

— C'est bien que tu nous rejoignes, crois-moi, tu ne le regretteras pas, lui souffla-t-elle.

Mélisande la regarda dans les yeux et approuva de la tête, satisfaite. Elle en était certaine.

— Bien, vous êtes donc au complet, c'est parfait, déclara Phileas une fois leurs accolades terminées, bienvenue dans ce cercle, lui annonça-t-il ensuite en lui tendant la main.

— Merci monsieur, fit-elle en la serrant.

— Allez, venez, on va vous montrer la salle des Dieux ! déclara enjouée Pâris en les entraînant.

— Excellente idée !

— D'accord.

Mélisande qui avait voulu rentrer se ravisa bien de le faire. Toute heureuse de ce Nouveau Monde qui allait s'ouvrir à elle, elle pouvait bien prendre le temps de les suivre et s'enfonça donc avec elles dans le labyrinthe pour la visite. Après tout, il fallait profiter de chaque instant non ?

Restant seuls en arrière devant son bureau, Phileas et Jean les regardèrent disparaître. Le visage du maître des lieux passa de la convivialité au sérieux froid et calculateur.

— Tu me gardes tout ça à l'œil hein ? demanda-t-il discrètement.

Jean hocha de la tête, complice.

— Je surveillerai ce qui se passera dans la salle des Dieux, ne t'inquiète pas. Je vérifierai que les choses ne dérapent pas.

Phileas approuva et entra dans son bureau.

— Bien. Je compte sur toi Jean.

# XI

Phileas se connecta à son ordinateur et contacta le *Service*. Une fois la connexion faite, il demanda à parler à Benjamin Johns.

— « *Oui ?* »

— On en est où ? demanda Phileas.

— « *On compulse toujours les données de la police, mais pour l'instant rien de probant.* »

— Il va falloir qu'on s'en mêle.

— « *La directrice vous a nommé responsable sur cette affaire.* »

— Bien, d'accord. Essayez de voir s'il ne peut pas y avoir des rapports avec l'*Organisation*, dans le doute. Sinon procédure habituelle, prévenez Darignac, on va avoir besoin des données des ordinateurs des familles, et de contacter les proches.

— « *Pas de soucis, je m'en occupe. Prévenez-nous dès que vous venez.* »

— Bien compris, Phileas terminé.

Phileas coupa la communication et sortit de son bureau alors que son père y arrivait justement.

— Les Reines vont pour la plupart rentrer chez elle, mais j'ai demandé aux anciennes de rester encore un peu pour discuter en privé, annonça-t-il. Je leur ai dit de nous tenir informés de quand elles rentreraient.

— Parfait, merci. Descends dans la salle verte voir ce qu'on a comme coordonnées et envois les adresses et les numéros au *Service* par mon ordinateur pour vérifier qu'ils ont tout. Je vais rester un peu et ensuite j'irai là-bas.

— On a toutes les données en bas, sauf celles des anciennes des Rodiers qui ne sont pas revenues ici, déclara Alfred.

— D'accord.

Phileas se rendit vers la loge de Sublime, quand son téléphone portable sonna.

— Oui Adélaïde ?

— « *On est arrivés au Service, on fait le point sur ce qu'on sait déjà. Tu as besoin de mon aide au Club ?* »

— Non cela ira merci, et je préfère que tu restes au Q.G. Tu y seras plus en sécurité et plus utile.

— « *Bien, d'accord. Par contre on n'a pas les numéros et les adresses de toutes les Reines, on n'a que ce que j'ai et ce qui date de la cathédrale, vu que tu n'avais pas tenu à ce que D les ait du temps des Rodiers. C'est un problème.* »

— Je suis déjà dessus. Papa t'enverra ce qu'on a pu récupérer et les Cavaliers ont déjà commencé à appeler.

— « *Compris.* »

Phileas raccrocha et entra sans prévenir dans la loge 38. Sublime y était déjà retournée et était en train d'enlever son soutien-gorge.

— Hey ! s'offusqua-t-elle.

— Pas le temps, tu as toujours les contacts des anciennes Reines, leurs numéros ? lui demanda-t-il.

Sublime jeta son soutien-gorge sur son lit, et se rendit vers son sac. Prenant son carnet d'adresses, elle le lui tendit.

— Je n'ai jamais rien enregistré dans mon téléphone, tout est noté là-dedans, répondit-elle.

— Même pas les numéros des autres ? Chloé ? Caro ? Adélaïde ? s'étonna Phileas.

— Ben si. Ce serait chiant pour parler sinon.

L'homme du club acquiesça.

— Merci en tout cas.

— De rien.

Sublime enfila son soutien-gorge personnel, puis retira sa culotte et ses bas pour mettre un string à elle. Phileas s'en alla avant qu'elle n'ait le temps de finir de se changer. Il revint immédiatement vers son bureau et donna le calepin à son père.

— Voici le carnet d'adresses de Sublime. Je la connais elle a le numéro de toutes les Reines depuis qu'elle est là.

— Et pour les plus anciennes ? Celles d'avant Sublime ? demanda Alfred.

— Vois avec Chloé. Qu'elle fouille dans les affaires de Jean, elle en avait aussi. Revérifie avec elle et Adélaïde.

— Okay. En résumé, les autres Cavaliers sont en train d'appeler celles encore actives mais non présentes aujourd'hui, le *Service* a les données de toutes celles qui ont été Reines ici et envoie des agents chez elles, et dans ce calepin on peut remonter jusqu'à Sublime et les contemporaines de ses débuts.

Alfred réfléchit.

— ... On a donc les numéros sauf changement des Reines 38 à 83, annonça-t-il. Plus Chloé qui est la 34$^e$, et Eugénie, Mélisande et Pâris, qui sont revenues. Il nous manque donc en comptant les décès, ceux de vingt-sept Reines... Espérons que Jean en avait.

— Pâris devrait en avoir aussi. Je compte sur toi pour checker les numéros manquants et voir avec les autres pour combler le vide.

— Bien, fit Alfred.

Il saisit le téléphone sur le bureau.

— Je vais appeler la salle verte, que quelqu'un monte récupérer les numéros du calepin.

Phileas approuva et ressortit de la pièce.

— D'ici une heure, je veux que toutes les Reines dont on a le numéro soient prévenues et que le *Service* aient envoyé quelqu'un chez elles ! Je veux une liste détaillée des Reines dont on n'a aucune coordonnée !


*Trois heures plus tard.*

Phileas était au *Service*. Avec les numéros que possédait Jean dans ses affaires, ceux du carnet de Sublime, ceux des Reines contactées et ceux conservés par le Club, sur les quatre-vingt-trois Reines existantes, ils en avaient prévenu soixante-sept. Il y en avait donc seize qui étaient injoignables. L'une d'entre elles, Pâris, l'était, car en vacances en dehors du pays, son téléphone éteint. En suivant ses mouvements bancaires ils n'avaient eu aucun indice d'où elle était, mais Phileas avait bon espoir. C'était une Reine active, elle réapparaitrait donc rapidement et pourrait être jointe. Sur les quinze autres manquantes, le *Service* avait fait une recherche dans les annuaires. Cinq avaient ainsi pu être retrouvées et contactées. Cela leur laissait donc dix Reines qu'ils ne pouvaient pas contacter. La liste défilant sur l'écran mural de la salle de conférence, il la regarda avec une certaine panique.

— J'ai refusé à *D* de s'immiscer dans les affaires des Clubs, et ne désirant aucune technologie aux Rodiers, tout était sur papier… Un incendie criminel plus tard, voilà où on en est, dix femmes non protégées et impossibles à prévenir, marmonna-t-il condescendant.

— Tu ne pouvais pas savoir, chéri, annonça Adélaïde en regardant la liste, debout à ses côtés.

Phileas fit une moue.

— Si j'ai bonne mémoire, toutes ces Reines ont quitté le Club des Rodiers avant 2003. Cela fait donc au moins onze ans qu'elles ne sont plus Reines… J'aimerais croire que cela les met hors de danger, mais les Reines assassinées étaient là à cette période…

Il se passa la main sur la bouche, songeur.

— Les scènes de crime ? demanda-t-il.

— Toutes déjà nettoyées par la police, on récupère les données informatiques mais comme on le savait déjà, rien de probant. Pas d'empreintes, pas de témoins, pas de fibres, déclara Adélaïde. Et les proches n'ont rien relevé de suspect.

— Il va falloir fouiller dans la liste des membres du Club, c'est le seul dénominateur commun à part les Reines, les Cavaliers et moi.

— Et tu as perdu une partie de la liste durant l'incendie…

Phileas vociféra.

— Si je n'avais pas tué Molarron, je le tuerais à nouveau pour ça.

— Non, ça, c'est mon tour ! se permit amusée Adélaïde.

Phileas lui sourit nerveusement, et l'embrassa.

— La section de recherches continue à creuser. Les Cavaliers ont commencé à informatiser les données, donc d'ici quelque temps on va pouvoir dresser une liste de suspects, le rassura-t-elle en se rendant vers un agent pour regarder l'avancement des recherches sur son ordinateur. Ne t'en fais pas.

— Quatre-mille-cent-cinq, souffla Phileas.

— Quoi ?

— Quatre-mille-cent-cinq, c'est le nombre de membres qui ont sont venus au moins une fois au club des Damnés…

Adélaïde fut bouche bée, décontenancée.

— Bon, on aura du boulot… Après avec ceux qui sont en dehors du pays, cela va réduire la liste. Et il y en a qui doivent avoir des alibis pour le moment des meurtres.

— Tu crois ? Il faut vérifier leurs mouvements bancaires, des fois que l'un d'eux a pu commanditer les meurtres… ce qui rend cette affaire encore plus titanesque qu'autre chose.

Adélaïde regarda son époux dans les yeux.

— Toutes les Reines sont sous surveillance, mise à part onze… Ne t'inquiète pas. Ais confiance.

Phileas serra sa femme dans ses bras.

— D'accord.

*

Installé dans son bureau, Jarod faisait ses propres recherches. Phileas avait ordonné à Benjamin Johns et la section de recherches de compulser les dossiers de la police et des médecins légistes, mais il avait ses propres algorithmes et méthodes de recherche. Dès son arrivée au *Service*, il voulut donc offrir un deuxième regard à l'affaire. Travaillant sur son ordinateur, il recherchait donc les données concernant d'éventuels tueurs en séries au modus operandi analogue pour définir un schéma, ou simplement des connexions. Sans toutes les données du club sur les membres et les Reines, il n'arriverait cependant pas à grand-chose, mais comme elles arrivaient au fur et à mesure, il avait déjà de quoi travailler. À côté de ça, il concevait un programme de référencement en temps réel des Reines, indiquant en une vue qui était prévenue, qui était où (via le signal GPS de leurs téléphones), qui était manquant à l'appel et il l'espérait, à partir des archives du Club, quels étaient les membres les reliant entre elles en fonction des sollicitations et des dates.

— Tu veux que je demande à mon grand-père de t'envoyer les données ? s'exclama une voix.

Jarod leva la tête vers l'encadrement de la porte. C'était Wanda. Elle était là, le regardant les bras croisés dans sa robe en lin près du corps.

— Comment sais-tu que je travaille là-dessus ? demanda-t-il.

— Je tiens ça de mon père.

Wanda avança vers lui.

— Non, ce ne sera pas la peine, c'est déjà en train d'être fait. Ils n'ont rien informatisé jusque-là, donc cela prend juste un temps fou à tout retranscrire numériquement. Il doit y avoir des tonnes de registres. Mais bon, je leur ai envoyé un logiciel pour qu'ils entrent les données de manière à ce que je puisse les traiter directement et surtout qu'elles soient référencées comme j'en ai besoin.

Wanda approuva.

— Parfait, bonne méthode.

— Oui, si ce n'est qu'il faudra facilement deux ou trois semaines pour tout informatiser s'ils bossent à vingt personnes quinze heures par jours… Donc est-ce que cela sera utile ? On verra bien.

Elle le regarda dans les yeux, passa une main dans ses cheveux désormais mi-longs, puis afficha un sourire espiègle.

— Je connais ce regard, déclara-t-il.

— Lequel ?

— Celui de ma petite amie qui s'apprête à faire une folie.

— Ah ?

Wanda sourit, puis relevant sa robe, lui montrant clairement qu'elle ne portait rien en dessous, elle ferma la porte derrière elle et s'installa l'air de rien sur ses cuisses. Son sexe intégralement épilé, elle se frotta sur son entrejambe puis défit sa braguette et sortit son membre dressé de son caleçon.

— On ne devrait pas, pas ici, lâcha Jarod.

Wanda passa son engin entre ses lèvres et se l'enfonça au plus profond du vagin.

— On arrêtera quand tu m'auras satisfaite...

Jarod baissa une des bretelles de la robe de Wanda et lui malaxa le sein. Faisant fi du protocole, emporté et pressé par le temps, il entreprit alors les va-et-vient en elle. Très dur, il la pénétra avec ardeur, lui faisant pousser des cris avant de la basculer sur le bureau pour la prendre en levrette. Sans ménagement, il la prit avec violence. Les seins à l'air, hurlant sous sa besogne, elle savoura sa domination totale.

Heureusement que les bureaux étaient insonorisés, pensèrent-ils, cela lui laissait tout le loisir de crier.

## XII

Il faisait bon dehors. Il faisait bon et chaud. Un temps presque printanier pour un mois de novembre.

Crystal s'avança dans la rue, portée par sa musique. Elle écoutait du *Daft Punk*, son casque bien fixé sur les oreilles. Ses courses en main, elle se rendait tranquillement vers le quai du TER. Elle avait acheté de quoi tenir une semaine, jusqu'à ce que Philippe et elle partent en vacances. Mais surtout, elle avait enfin acheté la petite robe qu'elle se retenait d'acheter depuis trois mois. Légère, sexy, élégante, elle s'était mordu la lèvre à chaque fois qu'elle était passée devant la vitrine du magasin. Mais plus maintenant. Ça y était, elle avait craqué, et sans remords. Elle se tardait déjà de la porter ce soir et d'aller le voir à son bureau avec deux verres de vin pour fêter la signature de son contrat.

Crystal esquissa un sourire et passant entre les gens déjà présents, posa ses sacs à côté d'elle au bord du quai. La rame ne devrait pas tarder à arriver. Elle regarda sa montre, il était 15h37. Elle serait là durant sept minutes.

Prenant un élastique à son poignet gauche, Crystal attacha ses cheveux blonds en une queue de cheval. Au fur et à mesure que les voyageurs s'amassèrent encore plus autour d'elle, elle s'imagina déjà leur mois de vacances aux Caraïbes. Son bikini noir deux pièces, son amant dans ses bras, faire l'amour, nager avec les dauphins, faire de la plongée sous-marine, vivre de barbecues, de pêche, de cocktails et de fruits exotiques… C'était un rêve. Bon sang, plus qu'une semaine et elle y serait. Crystal se gratta le coude et tout en savourant le dernier album qui passait en boucle dans ses oreilles, elle sortit une barre de céréales de son sac. Elle goûta tranquillement avant de boire le soda qu'elle s'était pris et regarda la rame arriver au loin. Prenant ses sacs en mains, elle se prépara à se battre pour rentrer. C'était l'heure de pointe et ils devaient être soixante-dix minimum sur le quai. Cela allait être la pagaille pour que les gens en descendent puis y montent.

— Allez, c'est parti, marmonna-t-elle pour elle-même.

La rame arriva en bout de quai et la foule se referma sur Crystal, la mêlant à la masse, la ramenant dans le rang. Elle se tint prête, espérant ne pas se retrouver trop loin d'une porte…

La rame arrivait à sa hauteur, encore rapide. Crystal se prépara à se servir de ses coudes pour être sûre de rentrer. Plus que quelques mètres et elle arriverait à sa hauteur, la dépassera et s'arrêtera pour les prendre.

Cinq mètres, quatre mètres, trois mètres… Crystal se voyait déjà bousculée pour entrer quand deux mains féminines surgirent de la foule et la poussèrent sur la voie. Crystal lâcha un cri de stupeur qui se transforma en complainte de terreur. La rame la percuta de plein fouet avant qu'elle n'ait même touché les rails, projetant son corps écrabouillé en un instant avant de lui rouler dessus pour la vider de son sang et de sa chair. Crystal mourut sous les yeux horrifiés des utilisateurs et devant les larmes d'enfants dont la vie changera à jamais.

Ils seront tous en retard pour rentrer chez eux. Crystal quant à elle n'ira jamais aux Caraïbes.

# XIII

*21h49.*

La porte du garage se referma derrière le 4X4. Adélaïde, coupa le contact et retira la clé. Épuisée, elle sortit de la voiture, la verrouilla, et ouvrit la porte donnant sur le salon — salle à manger.

— Tu as des informations ? l'interpella immédiatement Chloé.

Adélaïde sursauta.

— Oh putain ! Tu as attendu exprès que je rentre ? Tu n'aurais pas pu venir me voir dans le garage ? demanda-t-elle le cœur battant.

Elle retira ses chaussures pour soulager ses pieds.

— Désolée, s'excusa la jeune femme.

Chloé s'avança vers elle et la serra dans ses bras, inquiète, apeurée et compatissante.

— Je n'avais pas mon téléphone sur moi aujourd'hui, expliqua-t-elle. Quand j'ai vu les appels et les SMS, je suis tout de suite venue ici.

Adélaïde approuva de la tête en lui rendant son câlin.

— Phileas a placé le Club en quarantaine, lui déclara-t-elle, tu as bien fait. Et je suis contente que tu sois vivante !

Chloé sourit un peu à cette remarque, puis redevint sérieuse et la libéra.

— Vous avez des pistes ?

Adélaïde soupira à cette question, mais ne répondit pas tout de suite. Elle déposa d'abord ses clés dans le pot prévu à cet effet, puis elle se rendit au réfrigérateur et en sortit le jus de pomme. Elle s'en servit alors un verre qu'elle but d'une traite, et regarda enfin, finalement, vers son amie, les yeux perdus dans le vide.

— Non, avoua-t-elle, on a une liste de suspects tellement longue que c'est tout comme si on n'en avait pas, et on n'a aucune coordonnée concernant dix Reines. Plus Pâris.

— Je… qu'est-ce que vous allez faire alors ? Phileas en pense quoi ?

Adélaïde fit une moue presque terrifiée.

— Phileas… Phileas est dans le flou. Il semble presque abattu, défaitiste, il ne sait pas quoi faire pour l'instant. Pour nous c'est pareil, tout est au point mort.

Chloé acquiesça.

— Je vais rester ici pour te tenir compagnie si ça ne te dérange pas, et je préfère ne pas rester seule en fait, avoua-t-elle mal à l'aise.

— Pas de soucis. Bien évidemment.

Adélaïde commença à déboutonner son chemisier et se dirigea vers les escaliers pour monter se changer dans sa chambre.

— Mais n'espère rien d'autre, j'ai juste envie de dormir là, je suis morte.

Chloé la suivit.

— Arf, dommage, je me suis dit qu'un câlin avec ta meilleure amie te ferait du bien, sourit-elle.

— J'ai discuté plus de huit heures en vidéoconférence avec nos branches continentales, qui ont remonté les informations de toutes nos antennes, et personne n'a entendu parler d'une vendetta envers le Club. Même les

Américains sont clean. La seule chose que j'ai obtenue au final c'est un mal au crâne, alors un câlin n'est pas du tout ma priorité !

— Phileas fait quoi lui ?

— Il va continuer à travailler et va dormir au bureau. Il m'a dit de rentrer pour me reposer, et parce qu'il se doutait que tu viendrais ici.

Adélaïde retira son chemisier, le jeta sur la commode et enfila un débardeur. Elle ôta ensuite sa jupe et mit une culotte avant de se glisser sous les draps.

— Ah. Et donc ?

Chloé enleva elle aussi ses vêtements et se glissa dans le lit à ses côtés. Adélaïde se tourna alors vers elle.

— Je ne sais pas… Je dirige le *Service*, mais concernant le Club… je ne lui suis d'aucune aide. Je ne ferais que le gêner. Il y a mêlé le *Service* pour la forme, mais soyons franc, il la jouera perso. Seul lui a les compétences pour régler ça, et cela se fera entre lui et l'assassin.

— Comme d'habitude quoi, se permit de lâcher Chloé.

Adélaïde regarda au plafond, méditant à cette remarque.

— Non… c'est juste que là, ça concerne le Club. Et je connais Phileas, il veut notre avis, notre aide, mais il veut régler ça tout seul, parce que c'est son univers. Il y a consacré sa vie, c'est son monde, et je pense que personne ne peut vraiment comprendre ce que cela représente à ses yeux. Alors j'ai beau être sa femme, une Reine et son cheffe, je sais que je ne lui serais d'aucun secours dans cette affaire si ce n'est en tant que soutien moral.

— D'accord, je comprends. Cette fois c'est une affaire personnelle en quelque sorte.

— Oui… et même si c'est dur, je vais tâcher de respecter cela et de le laisser faire. Et puis je lui fais totalement confiance.

Chloé regarda son amie, et la tête appuyée sur une main, elle lui déposa un baiser sur la bouche.

— Tu tiens le coup ?

— Moi ? Oui pourquoi ? Et toi ? Tu n'as pas peur ?

Chloé se blottit dans ses bras.

— Si, bien sûr. Je suis terrifiée. Quand j'ai lu les messages et écouté mon répondeur, j'ai paniqué comme une folle. Je suis venue ici tout de suite tellement j'étais effrayée. Mais je sais que Phileas et toi me protégerez.

Adélaïde lui caressa les cheveux.

— Il veillera sur nous toutes… Sois-en certaine.

Adélaïde regarda son amie, mais l'esprit préoccupé par les Reines et cette affaire, elle repensa soudainement à l'enterrement d'Ambre.

— Dis, vous avez expliqué comment mon départ aux autres filles hier ? l'interrogea-t-elle curieuse.

Chloé releva les yeux vers son amie, un peu gênée.

— Je suis désolée, je ne suis pas une bonne menteuse tu sais, j'ai été honnête…

— Tu leur as dit quoi ?

— Je leur ai dit que tu avais perdu tes enfants et que donc la nouvelle d'une naissance avait dû te bouleverser un peu. Mais je ne suis pas rentrée dans les détails hein, et elles n'ont pas cherché à en savoir plus.

Adélaïde acquiesça de la tête, sereine.

— Et elles m'ont vue avec Phileas ?

Chloé hocha par l'affirmative.

— Oui, elles vous ont vus vous embrasser. Alors on leur a dit qu'il était le père et que vous essayez de tenir le coup.

On a juste dit que Phileas avait trouvé l'amour parmi ses Reines et que vous viviez un moment difficile.

— Bien, merci…

Adélaïde se remit sur le dos, soupira songeuse, et regarda de nouveau au plafond. Elle fut satisfaite qu'ils n'en aient pas plus dit. Comme elles les avaient vus s'embrasser, c'était normal de dire que Phileas et elle étaient amoureux, mais elle appréciait qu'elles n'en sachent pas plus. Elle ne voulait pas étaler sa vie privée à des inconnues, mêmes Reines. Surtout en tant que cheffe du *Service*. Elle désirait porter sa croix toute seule, sans que trop de gens ne le sachent forcément.

— Tu en penses quoi de tout ça toi ? demanda-t-elle à Chloé pour changer de sujet.

— J'ai peur, répondit franchement celle-ci. J'ai déjà perdu Jean, alors je suis terrifiée à l'idée de perdre quelqu'un d'autre. Je sais ce que ça fait. Et toi, Caroline, Eugénie, Mélisande, Sublime, les autres, je ne veux pas apprendre que l'une d'entre vous est morte. Cela me ferait trop mal, ça me briserait le cœur. Et puis j'ai aussi peur pour ma vie. C'est horrible de savoir que tu es la cible d'un meurtrier. Ça remet tout en perspective, tu as peur à chaque instant… je ne sais pas si tu ressens ça mais moi ça me fait paniquer sur tout, ça me rend folle, j'ai peur de tout et de rien maintenant. Je suis totalement paranoïaque.

Adélaïde regarda Chloé dans les yeux.

— Elle me manque aussi parfois, souvent même, annonça-t-elle en repensant à Jean.

— Moi tout le temps presque. Je n'ai toujours pas vraiment fait mon deuil. Le matin il m'arrive de me réveiller et de penser à ce qu'on va faire aujourd'hui, puis je me rappelle qu'elle est morte et ça me fait mal. Elle comptait tellement pour moi…

Adélaïde tâcha de se montrer forte et lui caressa la joue.

— Je ne peux pas te promettre qu'on ne perdra plus personne, mais on fera tout pour éviter d'autres morts… Ça, je te le promets.

— Je sais, fit Chloé. Je vous fais confiance… Je me sens en sécurité ici en tout cas.

— Dans mon lit ? rigola Adélaïde.

— Près de toi, avec Phileas ou avec Bella, dès que je suis en votre présence je sais que je ne crains rien.

— Non mais je sais, je me doute. En tout cas il doit y avoir de la place dans le lit de Bella là, tu peux aller y vivre !

— Haha ! Très drôle !

— Ben quoi ! Son lit est plus large non ?

— Elle est où d'ailleurs ? Je pensais qu'elle serait venue avec toi, s'étonna Chloé.

— Elle est partie au Japon pour une affaire privée, révéla Adélaïde, donc elle ne risque pas de venir nous voir avant quelque temps.

— Ah, d'accord.

— Notre histoire à quatre te convient toujours toi d'ailleurs ?

— Bah oui pourquoi ?

— Je ne sais pas, je me demandais si vous ne seriez pas tentées de vivre ensemble, elle et toi, avoua Adélaïde.

Ce fut cette fois au tour de Chloé de regarder songeuse vers le plafond.

— On s'est déjà posé la question un soir, alors qu'on était toutes les deux chez elle, annonça-t-elle. Et on sait très bien que si on fait ça, on va s'enfermer dans cette relation, rester ensemble, vivre en couple comme Caroline et Camilla. Et pour l'instant on est toutes les deux bien comme ça, amantes et en liaison avec vous de manière régulière. Pas de couple, pas de réelles obligations, la liberté.

— D'accord, oui je comprends. Quand il sera temps de se poser, vous y réfléchirez vraiment.

— Voilà, en attendant on est juste des fucking-friends qui ont des sentiments, mais qui ne veulent pas aller plus loin.

— Au moins c'est clair.

*

Phileas but une gorgée de son soda et regarda la ville au loin. Installé sur le toit de la concession automobile faisant lieu de couverture au *Service*, il prenait l'air, épuisé et les yeux rouges. Il comptait rester là encore quelques instants à savourer la vue et la quiétude des lieux avant de descendre dormir dans ses quartiers. Pas par choix mais par dépit, il se sentait fatigué, moins efficace, et on le lui avait rappelé gentiment depuis quelques heures. Il n'était qu'humain et devait se reposer. Oh, il aurait pu rentrer avec Adélaïde mais il ne pouvait pas simplement faire ça. Il avait besoin de se sentir sur le qui-vive, de se sentir prêt à sauter sur chaque information pouvant l'aider dès qu'elle arriverait. Il ne pouvait pas abandonner, lâcher prise un instant, il avait besoin d'être au *Service*, pour veiller sur son monde...

Phileas buvait la dernière gorgée de sa boisson quand la porte d'accès au toit s'ouvrit, le tirant de ses pensées avec surprise. Se retournant, il vit sa secrétaire, Corie. Vêtue de son tailleur léger, elle s'avança vers lui en frissonnant.

— Monsieur, il y a eu une autre victime, annonça-t-elle.

## XIV

Phileas descendit de la voiture côté passager et montrant immédiatement son badge aux policiers, passa sous la rubalise délimitant la scène de crime sous les hochements de tête. Les yeux tirés, fatigués, il monta ensuite sur le quai et rejoignit les agents chargés d'enquête et la scientifique déjà présents. Sortant une nouvelle fois sa fausse plaque d'agent d'Interpol, il fit face au plus haut gradé et annonça la couleur.

— Bonsoir, je suis venu dès que j'ai pu. Désolé de mon ingérence, mais cette fille faisait partie d'un programme de protection de témoins alors on m'a envoyé ici. Que s'est-il passé ?

L'officier de police d'abord surpris, puis légèrement irrité qu'on empiète sur ses plates-bandes, regarda finalement Phileas avec lassitude. Il était tard et n'avait pas envie de se battre. Il ne désirait qu'une chose, rentrer chez lui.

— Bonsoir. Poussée sous la rame quand elle est arrivée sur le quai, son conjoint est prévenu, annonça-t-il ouvert en lui montrant le lieu d'impact. Une fin très moche.

— Quelqu'un a vu quelque chose ? demanda Phileas en allant au bord du quai regarder la voie couverte d'un drap.

L'inspecteur l'observa les mains dans les poches.

— Non, aucun, il y avait foule mais aucune caméra et personne n'a remarqué quoi que ce soit.

— C'est une blague ? Aucun témoin ? s'étonna Phileas.

Le vieil homme le regarda de façon entendue.

— Que voulez-vous que je vous dise, on a interrogé toutes les personnes présentes quand on est arrivés et il en manquait déjà la moitié. Et le quai était bondé.

— D'accord. Son compagnon n'a rien dit de probant ? Pas de problème à la maison ?

— Nada, aucun ennemi, aimée de tous ses proches, rien de suspect ces derniers temps... Il y a juste un blanc de six ans dans son passé, mais vu ce que vous venez de dire, je suppose que c'est normal.

— En effet... c'est à cause de nous, travestit la vérité Phileas.

Soufflant de dépit, il regarda rapidement les alentours d'un œil épuisé mais expert. Il faisait chou blanc, il le sentait. Il n'y aurait aucun indice ici, la personne qui avait fait ça avait pris la précaution de ne pas se masquer, d'agir à visage découvert... Et elle avait dû la pousser discrètement pour ne pas se faire remarquer. Du travail de pro en somme, dans un lieu sans caméras... Phileas soupira et se redressa. Il regarda l'inspecteur, d'origine malgache à l'accent, et tâcha de cacher sa déception.

— C'était quelqu'un d'important ? l'interrogea celui-ci en le prenant de court.

Phileas se montra froid mais sincère.

— Non, pas spécialement, mais c'était une connaissance, elle comptait pour moi...

— Ah, mes condoléances...

L'homme du club acquiesça.

— Tenez, voici ma carte, si jamais vous trouvez quelque chose, ou si jamais un témoin se manifeste, contactez-moi s'il vous plaît.

— D'accord, s'exclama l'agent en la prenant. Vous ne reprenez pas l'affaire donc ?

— Non, j'ai d'autres pistes à explorer, je vous la laisse…

Phileas regarda autour de lui une dernière fois par conscience professionnelle, quand soudain il remarqua un objet familier parmi les pochettes transparentes d'indices retrouvés. Intrigué et suivi du regard par l'inspecteur il se rendit jusqu'au plateau de collecte et saisit l'indice. Une broche en forme d'ailes d'ange dorée.

— Cela vous parle ?

Phileas la regarda à travers le sachet, mélancolique, des souvenirs pleins la tête.

— Oui, c'était à elle. Cela a été retrouvé sur la voie ?

— Non, sur le quai, pas très loin de là où elle était avant d'être poussée.

Le maître des Reines reposa le sachet sur le plateau et s'en alla.

— Bien, merci. Vérifiez les empreintes à tout hasard. Je vous appelle si moi j'ai du nouveau.

L'inspecteur le regarda bouche bée.

— Comment ? Vous ne savez même pas mon nom, lui rappela-t-il en le regardant partir.

Phileas agita la main.

— Interpol mon ami, Interpol…

Il descendit l'escalier, quitta la zone délimitée autour de laquelle les rares gens curieux s'amassaient et retourna à la voiture. Montant côté passager, il attacha sa ceinture puis regarda Corie, installée au volant.

— Vous avez trouvé quelque chose ? lui demanda celle-ci en redémarrant et en faisant demi-tour pour repartir.

— Non, avoua Phileas. Rien de probant, mise à part sa broche de Reine divine retrouvée sur le quai.

— De Reine divine ? s'étonna Corie.

— Une caste de Reine particulière, datant d'il y a un peu plus de dix ans.

— Vous pensez que cela peut être lié ?

Phileas réfléchit rapidement.

— Quatre victimes, toutes des Reines divines. Cela peut être lié en effet, mais cela peut aussi être une coïncidence. Les facteurs de recoupement entre les Reines sont pour ainsi dire infinis.

Il bâilla fortement, envoya un message à son père pour le tenir informé, et regarda sa collègue.

— Merci de m'avoir conduit ici en tout cas, je vous en devrais une, déclara-t-il sincèrement.

— Certainement pas ! Cela ne me dérange absolument pas. Il n'y a pas de train à cette heure-ci et je me doutais bien que vous voudriez être sur les lieux le plus rapidement possible.

— Vous n'êtes pas trop fatiguée ?

— Non, du tout, sourit Corie.

La jeune femme prit la direction de l'autoroute pour retourner dans l'Est tandis que Phileas s'installa confortablement.

— Vous ne devriez pas être avec votre petit copain ? l'interrogea-t-il cependant pour briser la glace. Je croyais que vous aviez une soirée de prévue.

Corie le regarda rapidement avant de fixer de nouveau la route.

— J'ai annulé, déclara-t-elle simplement.

Phileas haussa les sourcils.

— Pourquoi ? N'importe qui aurait pu m'emmener.

— Et je le reverrai dès demain. Ce n'est pas grave monsieur, ne vous en faites pas. Il sait que mon métier est prenant.

Philéas la regarda conduire, plus sûrement que lui, et la déshabilla machinalement du regard. Son tailleur noir était fait sur mesure, et elle portait en dessous un simple petit haut beige. Toujours élégante, elle était un bijou de somptuosité. C'était d'ailleurs bien pour ça qu'Adélaïde se montrait parfois jalouse.

— Seriez-vous en train de m'analyser ? l'interrogea-t-elle avec humour.

— Non… enfin pas tant que ça.

— Vous avez dormi tout l'aller, vous pouvez très bien dormir au retour, vous savez.

— Outch, right in the balls ! lâcha Philéas.

Corie se redressa un peu, gênée de sa pique.

— Désolée, c'est juste que cela me met mal à l'aise que vous me jaugiez comme ça.

— Que je vous jauge ? Je ne vous jaugeais pas.

Corie le regarda succinctement.

— Cela me met mal à l'aise quand vous me regardez comme ça, surtout maintenant.

Philéas cette fois fronça les sourcils.

— Développez, lui ordonna-t-il presque.

Corie sembla hésiter.

— Cela me frustre, avoua-t-elle alors timidement.

Philéas fit des yeux ronds.

— Alors là, faut vraiment développer.

Corie regarda la route, mit son clignotant et changea de voie. Puis une fois bien insérée et tranquille dans ses manœuvres, elle se risqua à répondre.

— Disons que vous dégagez beaucoup de sex appeal, que je suis désireuse de plaisir là tout de suite, et que de savoir que vous et la directrice vous vous amusez parfois au bureau me rend...

— Jalouse ?

— Non, juste envieuse.

Phileas la regarda avec intérêt. Sa collègue abordait un sujet intéressant et intime, signe qu'elle lui faisait assez confiance pour lui en parler.

— Envieuse de sexe au bureau ? lui demanda-t-il nonchalamment.

— Oui et non... c'est de manière générale... c'est juste que...

— Que quoi ? la reprit Phileas.

— Non rien.

— Si, dites, au point où nous en sommes. Et puis on a du temps à tuer.

Corie le regarda en se mordant la lèvre puis fixa la masse sombre de la nuit dissipée par les phares devant elle.

— Vous me promettez de ne pas vous offusquer ? le supplia-t-elle poliment.

— Évidemment ! Vous ai-je déjà mal traitée ?

— Non, mais là c'est différent.

Phileas hocha de la tête.

— Allez-y, je vous écoute, approuva-t-il.

Corie souffla un grand coup.

— J'ai lu votre dossier psychologique, je sais que vous avez une addiction au sexe.

— Oui, et ? Je ne m'en cache pas vraiment.

— Et certains petits détails montrent que vous et la directrice, votre femme, avez des relations au travail. Et bref, comme je sais aussi que vous avez eu une relation avec Bella, et que vous avez eu beaucoup d'aventures…

— Ça titille l'imagination ?

— On peut dire ça, avoua Corie. Ça m'a traversé l'esprit durant l'aller. Je songeais à plein de trucs et c'est arrivé comme ça.

Phileas sourit. La discussion n'importe nawak pensa-t-il. Mais au moins cela lui changeait les idées.

— Et comme ce soir cela devait être la fête avec votre copain, forcément, tout le trajet vous avez eu des idées… c'est ça ?

Son assistante le regarda d'un regard mélangé de colère, d'entente, de frustration et d'amitié.

— Je savais que je n'aurais pas dû vous le dire, je me tairai maintenant, ça m'apprendra, s'exclama-t-elle.

— Mais bien sûr que non, je vous taquine, rigola Phileas. Et je préfère que vous soyez sincère, que cela soit honnête et réglo entre nous.

— Mouais.

— Allez, dites-moi tout, la relança Phileas.

— Hors de question !

— Allez, je veux des détails !

— Vous rêvez !

Phileas la regarda avec humour.

— Écoutez, votre copain n'est pas là, ma femme n'est pas là, et on a tout le trajet retour à faire, et visiblement on est tous les deux en manque, même si vous avez poliment choisi de ne pas utiliser ce mot, alors autant passer un bon moment à discuter entre adultes et si j'ose dire amis.

— C'est ça, et si votre femme l'apprend, elle me tuera.

— Non, elle vous mutera. Base d'Antarctique, répondit Phileas.

— Il n'y a pas de base en Antarctique, rétorqua Corie.

— Vous avez tout compris… Du coup ? Vous préférez passer un retour chiant ou détendu entre deux personnes et dont la conversation ne sortira pas de cette voiture ?

Corie le regarda en se mordant la lèvre, cette fois pour tromper sa frustration plus que palpable.

— Cela restera vraiment entre nous… ?

La jeune blonde souffla de mal-être.

— Bon… j'ai imaginé qu'on s'arrêtait sur une aire d'autoroute pour qu'on sorte de la voiture et que je finisse à genoux devant vous. Satisfait ?

— Ouah !

Phileas savoura cette révélation, qui eut le mérite de radicalement trancher avec les événements de la soirée, et trahit son plaisir par un sourire.

— J'avoue, chapeau, c'est top ! confessa-t-il.

— Je vous fais confiance, cela reste entre nous hein ?

— À qui voulez-vous que je le dise ? À ma femme ? *Gadget* ? Scott ?

— J'ai votre promesse ?

— Oui.

Phileas regarda la route et se détendit les bras.

— Moi j'adore vous déshabiller du regard, annonça-t-il très franchement.

— Ça, je le sais, sourit Corie. Vous n'êtes pas toujours très discret.

— En même temps, vous ne venez pas souvent avec des sous-vêtements au bureau. Alors ça laisse vagabonder les yeux et stimule l'imagination.

— Cela ne vous dérange pas d'ailleurs ? Je n'ai jamais trouvé l'occasion de vous demander si vous préféreriez que je sois plus stricte dans mes tenues.

— Non, absolument pas, au contraire.

— Vous aimez ? le taquina-t-elle.

— J'adore !

Ils se sourirent.

— Cela se passe bien avec votre copain ? lui demanda-t-il pour avoir quelques détails sur sa vie privée.

— Oui, c'est parfait, il n'y a rien à redire ! C'est génial, je prends énormément de plaisir. Il est tendre et amoureux, et franchement je suis heureuse avec lui. Et vous ? Avec la directrice ?

Phileas réfléchit deux petites secondes. Comment en parler sans donner de détails intimes sur la patronne ?

— C'est nickel, surtout quand votre femme ne recule devant rien pour vous faire plaisir, répondit-il. On s'amuse bien, au bureau aussi notamment, mais également en dehors de la maison, là où ça nous prend. Et on a eu l'occasion de faire des expériences fantastiques. Et bien sûr on s'aime à la folie.

— D'accord… Vous pouvez me passer l'eau ?

Phileas attrapa la bouteille à ses pieds, enleva le bouchon et la lui tendit.

— Merci.

— Déjà fantasmé sur le faire au boulot ?

Corie acquiesça de la tête en avalant sa gorgée puis en lui rendant la bouteille.

— Comme tout le monde. J'ai imaginé que mon copain était à votre place, et qu'il me prenait contre le bureau.

— Même pas moi, je suis déçu.

— Vous aussi, avoua-t-elle, mais je n'allais pas le dire comme ça. Déjà imaginé que vous me preniez ?

Phileas apprécia qu'elle se laisse aller à être directe.

— J'ai arrêté de compter après cent, annonça Phileas en regardant par la fenêtre. Après cela devenait lassant.

— Plus qu'avec votre femme ?

Phileas tourna la tête vers elle avec le sourire.

— Je ne fantasme pas sur ma femme, je n'en ai pas besoin, elle occupe constamment mon esprit. Et au travail je lui fais pratiquement l'amour quand je veux, donc je n'ai jamais le temps de le faire. J'en ai envie, je vais la voir, et voilà…

— Donc vous fantasmez sur moi mais pas sur elle ? C'est flatteur en un sens.

— On fantasme sur ce qui nous est inaccessible. C'est le propre du fantasme et de l'homme.

— Je prends note, ricana Corie.

Phileas l'observa s'agiter un peu sur son siège. Elle se frotta rapidement les jambes l'une à l'autre… Serait-ce un signe ?

— Quand je dormais, déclara-t-il, j'ai rêvé que j'avais la main sur votre cuisse, et que je la remontais inconsciemment sous votre jupe.

— Et ?

Phileas se réinstalla confortablement.

— Et je suis content de cette conversation, c'est sympathique.

— J'en suis satisfaite aussi, c'est plus agréable que de vous voir dormir.

Phileas lui sourit puis amical, posa sa main sur la sienne, sur le levier de vitesse. Corie étonnée la regarda, mélangée vraisemblablement entre l'appréhension et l'envie. Elle ne dit toutefois rien et le laissa faire. Mais c'est alors qu'il la retira et la déposa sur sa cuisse, juste à l'endroit où sa jupe ne couvrait plus sa peau.

— Ne vous en faites pas, déclara-t-il en regardant la route. J'avais juste envie de la poser là, rien de plus. En toute amitié.

— Ce sont des avances ? plaisanta-t-elle avec humour. Parce que si c'est le cas, j'aimerai bien une semaine de vacances en plus l'été prochain.

Phileas sourit une nouvelle fois.

— Non, même pas. Vous avez un copain, j'aime ma femme et je ne la tromperai pas. Je trouvais juste que la situation s'y prêtait. Un signe affectif.

Corie approuva mais fut tout de même un peu surprise au final d'avoir la main de son patron sur sa jambe alors qu'elle conduisait. D'autant qu'il lui caressait largement le dessus et l'intérieur de la cuisse.

— Vous voulez que je la retire ? demanda Phileas.

Corie ne répondit pas immédiatement. Elle changea d'abord de voie et décéléra un peu. Puis d'une voix neutre, elle lui donna sa réponse.

— Non, vous pouvez la laisser.

— Parfait.

Phileas continua donc à la caresser.

— Cela reste entre nous ? l'interrogea Corie.

— Oui, promis.

La jeune femme approuva légèrement de la tête, et tout en vérifiant consciencieusement son angle mort, écarta plus les jambes. Puis alors qu'ils continuaient à rouler, sa main passa sous le tissu et remonta entre ses cuisses de quelques centimètres. Corie ne manifesta aucune résistance. De manière entendue, sans qu'aucun mot ne soit prononcé, un accord s'était presque fait. Il pouvait remonter le long de sa cuisse tant qu'il le voulait, elle lui dirait quand il faudrait s'arrêter, quand il irait trop loin. Phileas la caressa donc encore plusieurs minutes avant de retirer sa main pour bâiller. Il commençait à se fatiguer. Il ne devrait pas dormir, pour lui tenir compagnie, mais il avait besoin de sommeil. Vraiment. En attendant de sombrer dans les bras de Morphée, il replaça toutefois sa main où elle était en la mettant directement plus haut sous le vêtement. Touchant fugacement du tranchant de la main un sexe dénudé en la plaçant pour retourner caresser sa cuisse, il ne s'excusa pas. Son assistante ne releva pas non plus. Elle n'émit aucune réticence, aucune objection, faisant mine de rien. Puis après quelques minutes à l'effleurer comme par inadvertance en la caressant sans cesse, Phileas alla au bout de leur petit jeu et lui glissa un doigt. Corie ne prononça toujours rien, se concentrant sur la route comme si tout était normal. Ils restèrent ainsi, sans un mot durant une dizaine de minutes, comme si de rien n'était, ses doigts faisant de légers va-et-vient en elle pour ne pas la gêner dans sa conduite, jusqu'à la prochaine aire d'autoroute, où n'y tenant plus elle se gara sur le parking, l'invita à sortir, et s'agenouilla devant lui pour le sucer à pleine bouche comme elle en avait eu l'envie des heures plus tôt. Elle prit ainsi son sexe à deux mains et s'appliqua à lui faire une gâterie des plus divines en alternant entre masturbations, fellation et titillements.

Après quelques minutes de ce pur régal, Phileas la releva, l'embrassa et la pencha en avant sur le capot de la voiture. Corie se montra craintive quand il releva sa jupe, annonçant qu'elle ne voulait pas qu'il la pénètre, parce qu'elle aimait son copain et voulait lui rester fidèle. Phileas n'y voyant pas d'inconvénient se présenta alors entre ses fesses tout en la masturbant et en lui pelotant les seins. Malgré sa douleur elle accepta, désireuse de le sentir en elle d'une façon ou d'une autre, envieuse de l'avoir à tout prix, et ce même si elle ne voulait pas que son copain la prenne par là… Tout en criant sous ses à-coups, elle lui révéla alors qu'elle pensait à lui depuis des jours. Il lui répondit qu'il pensait à elle depuis des mois. Puis il n'y eut plus de paroles. Phileas la prit avec fermeté durant plus de dix minutes, prenant un malin plaisir à la labourer, à profiter de ce corps jeune et séduisant, de cette femme qui faisait son adultère et dont le compagnon ne se doutait pas une seule seconde qu'il la prenait avec vigueur alors qu'il pensait qu'elle travaillait, cette somptueuse créature qu'il faisait crier alors que son copain pensait qu'elle devait s'occuper de paperasse. Phileas lui fit l'amour comme une bête, heureux de la sentir contre lui, de l'entendre jouir, de peloter violemment ses seins, et éjacula finalement en elle, souillant l'intérieur de ses fesses de sa semence. Le patron prenant son assistante sur le capot de leur voiture de fonction, sur une aire d'autoroute en rentrant chez eux. La nuit qui se terminait bien…

Corie le laissa se retirer, se redressa et le remercia d'un langoureux baiser sur la bouche pour ce moment des plus agréables. Elle rabaissa ensuite sa jupe et alors qu'il remontait son pantalon, elle retourna s'asseoir côté conducteur. Sentant son sperme en elle, tâchant de le retenir pour qu'il ne tache pas sa jupe ni le siège, elle attendit alors qu'il rentre en remettant de l'ordre dans ses cheveux et en réajustant ses vêtements. Une fois qu'il fut monté à bord, la voiture repartit. Cela resterait entre eux. Ils s'en étaient fait la promesse.

XV

Phileas arriva chez lui vers sept heures et demie du matin. Il prit une douche pour nettoyer les odeurs de son corps puis alla dormir dans le lit de sa fille, absente. Il aurait bien aimé dormir avec Adélaïde, mais elle et Chloé prenaient tellement de place qu'il n'avait pas voulu les déranger. Ce faisant, il sommeilla donc jusqu'à deux heures moins le quart, quand réveillé par Adélaïde, il se leva et partit presque immédiatement au Club des Damnés. Les nouvelles du côté du *Service* n'étant pas probantes, il désirait voir ce qu'il en était du point de vue des Cavaliers, qui en savaient naturellement plus. Phileas arriva à la cathédrale pour quinze heures. Là se rendant à leur salon, il les rejoignit alors qu'ils étaient déjà réunis à l'attendre autour d'un thé.

— Messieurs bonjour. Qu'en est-il ? se présenta-t-il.

— Bonjour, répondit Horace.

— Bonjour fils, rétorqua Alfred.

— Monsieur, le saluèrent Basile et les autres.

Phileas s'installa dans un fauteuil libre et regarda son assemblée d'hommes fidèles et dévoués au Club.

— Je vous écoute, déclara-t-il en prenant sa tasse de thé.

— Nous avons réduit la liste des suspects à 163 membres, annonça Hector.

— Parfait, c'est un excellent progrès. En dégrossant de quelle sorte ? demanda-t-il satisfait de leur avancée.

— En partant du principe que seules quatre anciennes Reines ont été tuées, annonça Alfred en buvant son thé. On a donc retiré des suspects les membres qui leur sont postérieurs. Bien sûr tu es conscient que si une Reine plus récente se fait tuer, on devra réintégrer les autres dans la liste.

— D'accord, cela me semble logique, approuva Phileas. De ce fait, il faut aussi prendre en compte qu'elles étaient toutes les quatre des Reines divines, leur annonça-t-il, je l'ai réalisé en trouvant la broche de Crystal hier. Alors nous allons devoir protéger les autres divines en priorité.

— Je n'y avais pas pensé, avoua Francis en réalisant la chose. Cela implique moins de conjectures du coup.

— Oui, en effet, et c'est froid de le dire mais c'est bon pour nous si cette piste se poursuit, annonça Phileas. Les Reines divines encore vivantes ne font pas partie des Reines injoignables à ce jour.

— Mis à part Pâris. Nous n'arrivons toujours pas à la contacter, s'exclama Ezéchiel en terminant son breuvage.

— Cela reste un problème en effet, concéda Alfred, mais nous avons placé son appartement sous la surveillance du *Service*, donc à moins que le meurtrier ne sache où elle est, dès son retour on pourra la protéger.

— Et partons du principe qu'il ne connaît pas l'identité secrète de Pâris, et donc sous quel nom elle voyage, reprit Hector.

— Sauf que s'il arrive à remonter jusqu'à elle, il doit forcément la connaître, dénonça Horace. A-t-on une idée d'ailleurs de comment l'assassin a pu avoir accès à elles et leurs données privées ?

— La solution logique est qu'il s'agit de l'un d'entre nous, s'exclama Laurence, seulement on sait tous que c'est impossible.

— Sauf si l'un d'entre vous utilise un professionnel, avoua Phileas, mais nous n'en sommes pas là, il ne peut s'agir d'un Cavalier, ni même d'une Reine. Je le sais, je vous connais tous et je vous fais pleinement confiance. C'est la même raison qui fait que vous venez de m'aider d'une manière inouïe en réduisant la liste de nos suspects. Je n'ai pas traité personnellement les dates d'arrivée ni la gestion des membres, car je me suis reposé sur vous et votre classification.

— C'est une déclaration d'amour ? plaisanta Tibérius en mangeant un gâteau sec.

— Pas si tu n'es pas une femme, s'amusa Christian.

— Quoi qu'il en soit, reprit avec sérieux Phileas, nous devons pour avancer maintenant, isoler quel incident a pu amener un membre à entrer en possession d'une liste de Reines en particulier. Qui, quand, comment, et pourquoi ?

— Cela ne peut dater que de la période des Rodiers, concéda Lucius.

— Intrusion et vol dans nos registres ? demanda Angelo.

— Non, aucune chance, déclara Basile, il ne manquait aucun de nos fichiers avant l'incendie.

— Quelqu'un a pu photographier les registres ?

— Nous interdisions les appareils électroniques, et je ne me souviens pas qu'un membre ait dérogé à cette règle. Et puis il aurait fallu qu'il trouve la salle des registres ce qui n'est pas une mince affaire, rappela Alfred.

Christophe installé dans son fauteuil dans un coin sortit de son mutisme.

— Les membres explorateurs, combien exactement ont cherché les livres cachés et tenté de découvrir les passages secrets ?

Les autres Cavaliers et Phileas se tournèrent vers lui, soudain effarés par une vérité pourtant si simple.

— Et combien ont réussi ? demanda Jim.

— Partons de là, a-t-on une trace de qui a joué le jeu du club et exploré ?

Phileas ne leva même pas les yeux. Les mains jointes, il les fixait et répondit avec amertume.

— Et que fallait-il faire pour accéder à la salle des Dieux ? En être digne… Et qui ne fut plus digne que celui qui trouva les merveilles du Club…

— Bon sang…

— Si cela est vrai, nous sommes responsables… nous avons créé notre propre faille de sécurité.

Phileas regarda Étienne, qui venait de prononcer ces mots.

— Ma responsabilité, mon club, mes règles, mes Reines, j'ai créé cela… C'est moi qui ai instauré la faille.

— Allons, Phileas, n'en porte pas toute la responsabilité, déclara Basile. Si on en est là, c'est qu'on a eu un défaut de vigilance, tous.

— La salle des registres était située sous le labyrinthe, accessible uniquement par un pan menant à une pièce vide d'où partait la trappe.

— Fermée à clé qui plus est.

— Qui aurait pu la trouver ?

La porte de la pièce s'ouvrit, et Adélaïde entra.

— Messieurs, désolée de l'interruption. Qui ? Je ne l'ai pas découverte moi-même, mais Pâris en savait long sur le club, de même que Caroline, Camilla et d'autres. Alors un membre ? Les possibilités sont immenses.

140

Phileas regarda sa femme, puis regarda les Cavaliers. Elle connaissait l'emplacement de cette pièce depuis la mort de Mélina donc il ne s'étonna pas de sa présence ici. Ce qui le surprit toutefois, c'est qu'elle savait ce qu'il en était de leur conversation… Bon sang, Adélaïde se montrait de plus en plus intelligente, elle y était revenue et y avait placé un micro. La petite garce ! Bon sang il l'aimait encore plus ! Elle était douée, elle se montrait chaque jour plus espionne que la veille…

— Partons de ce principe, coupa cours aux élucubrations Phileas en revenant sur leur affaire. Un membre a réussi à accéder à la salle des registres et à faire une copie de la liste des Reines divines. Celle-ci ou une autre. Disons donc qu'il a trouvé dans nos registres aux Rodiers cette information. Pourquoi maintenant ?

— Il était en prison tout ce temps ? demanda Christophe.

— Genre Larroca ? interrogea Adélaïde.

— Non, impossible, Larroca est… commença Phileas.

— Attends, le coupa-t-elle, Larroca connaissait les secrets du nouveau club, donc il avait exploré la cathédrale. Et il était déjà là aux Rodiers. Cela se tient, il aurait très bien pu l'avoir exploré aussi, et s'il a envie de se venger après l'affaire Mélina, il a pu se servir d'une ancienne liste qu'il aurait trouvée.

Phileas regarda sa femme avec un sourire en coin.

— Quoi ? lui demanda-t-elle.

— Larroca est mort. Comme Molarron. Tous ceux qui s'en prennent à mes Reines finissent par mourir.

— Ah.

Adélaïde se tut. Elle ne savait pas qu'il l'avait tué lui aussi, comme Molarron. Mais il le méritait de toute façon…

— Donc nous devons trouver parmi nos suspects qui peut avoir disparu durant des années et être revenu récemment pour se venger ? conclut Hector.

Phileas hocha de la tête en confirmation, geste qui fut suivi d'un mouvement d'approbation des Cavaliers et d'Adélaïde.

— Bien, nous verrons cela avec Jarod et Benjamin au *Service*, déclara Alfred en reposant sa tasse sur la petite table. Nous en avons donc terminé jusqu'à notre prochaine réunion…

— Non, l'interrompit Phileas.

— Non ? s'étonna son père.

— Non… J'ai quelque chose à ajouter…

L'homme du club se redressa sur son fauteuil et toisa son assemblée. Sincère, l'œil sombre, il les regarda avec une pointe d'amertume et de fureur à la fois.

— À l'acharnement dont ont fait preuve les Reines, je suis persuadé que le crime est passionnel. Ce genre de bain de sang, je connais, et comme il est ciblé, je ne peux que dire cela, nous avons affaire à quelqu'un qui nous déteste vraiment ! L'assassin a tué leur famille quand il le pouvait, quand ils étaient là, n'hésitant même pas devant des enfants. C'était une attaque contre leur bonheur, contre cette chose qu'il n'a pas ou qu'on lui a retirée. Et il n'y a pas non plus eu de viol, ce qui laisse sous-entendre qu'il n'a pas cherché à se les approprier… Elles le répugnent. C'est donc quelqu'un d'asexué face aux Reines, ou bien c'est une femme. Mais ne nous méprenons pas, nous avons affaire à un monstre qui ne reculera devant rien, et qui a déjoué nos sécurités et a une longueur d'avance sur nous. Si je n'avais pas entendu les informations, nous ne saurions même pas qu'il agissait. Donc, redoublez de vigilance. Ce n'est pas quelqu'un de commun. Il s'en prend à ces Reines en particulier parce qu'il sait où les trouver, mais soyez-en certains, si jamais il découvre l'un ou l'autre d'entre nous, n'importe qui, s'il découvre une nouvelle Reine, un Cavalier, moi… le sort en sera le même. Je veux que vous soyez tous sur vos gardes, que vous soyez tous attentifs. S'il en a l'opportunité, on sera tous assassinés.

Phileas les regarda tous tour à tour, espérant que son message était bien passé, que malgré leur statut les Cavaliers feraient attention à eux, puis les remercia et s'en alla. Suivi de peu par Adélaïde il quitta alors les lieux pour se rendre jusqu'à sa voiture quand elle le rattrapa.

— Très joli discours chéri, l'interpella-t-elle en le talonnant.

— Nous avons perdu quatre batailles, mais si la guerre continue, nous perdrons bien plus, répondit très franchement Phileas.

— Je sais, et je suis contente que tu aies dit aux Cavaliers de se protéger. Qu'ils ne se sentent pas à l'abri du danger. On ne sait jamais.

— Où est Chloé ?

— Elle doit être en train de rentrer chez elle pour prendre quelques affaires, répondit Adélaïde. Elle se sentait moins effrayée ce matin.

— Qui surveille son appartement ?

— L'agent Krimm. Il s'est posté dans celui d'en face, il est vide.

Phileas approuva, mais sembla à sa femme tout de même inquiet.

— Quoi ? l'interrogea-t-elle.

L'homme du club hésita… puis il fit demi-tour.

— Rentre au *Service*, je te rejoins.

— Tu vas où ?

— Aux archives.

# XVI

*Des années plus tôt.*

Toutes encore vêtues de leurs atouts de Reines, habillées de lingeries en dentelles et de porte-jarretelles assortis, de parures hors de prix et de coiffes dignes des plus grandes comtesses, Ambre, Alice, Mélisande, Jean, Crystal, Psyché et Pâris se retrouvèrent dans le salon caché de la bibliothèque. Se réunissant ainsi dans le secret en cette fin d'après-midi, elles s'étendirent sur les canapés d'époque ou trônèrent dans des fauteuils tout aussi prestigieux, et prirent ensemble leur thé ou chocolat.

— Je pense qu'on devrait fêter ça à l'extérieur. Aller boire un verre toutes ensemble, s'exclama Pâris fière de son nouveau statut en commençant son thé.

— Ouais, bonne idée, s'exclama Ambre. Qui est partante pour une petite murge au bar ?

Mélisande regarda ses deux amies quelque peu gênée. Elle ne savait pas si sortir avec elles serait une bonne idée pour elle. C'était comme si sa conscience lui disait qu'elle le regretterait. Car ce ne serait peut-être pas de manière volontaire, mais elle savait que si elle sortait avec elles, ses amies lui causeraient du tort. Parce qu'elle serait effacée face à elles ? Parce qu'elle serait la moins intéressante du groupe ? Parce qu'elles étaient prêtes à s'amuser et pas elle ? Elle ne savait pas, mais si elle était sûre d'une chose, c'est qu'elle ne serait pas à l'aise et en sécurité avec elle.

— Mélisande ?

— Hein ? Oui, oui ? sursauta-t-elle en regardant Alice. Désolée, j'étais ailleurs.

— Donc ? Tu serais d'accord toi aussi pour qu'on aille boire un coup toutes ensemble ?

— Euh, oui, oui pourquoi pas ?

Mélisande se réinstalla mieux, but une gorgée de son chocolat, et vociféra intérieurement. Elle se devait de faire des efforts de socialisation. Pourquoi se brimait-elle elle-même ? Rien de tel que de sortir avec des filles pour se dérider un peu non ? Et puis que pouvait-il lui arriver de grave ?

— Vous voulez faire quoi ? Un resto puis un bar ? Ou juste un bar ? demanda-t-elle.

— Pourquoi pas un bar dansant, ou une boîte de nuit ? proposa Ambre, toujours partante pour faire la fête.

— Mouais, je ne suis pas trop pour, avoua Psyché depuis son canapé, allongée de tout son long.

— Bah pourquoi ? lui demanda Pâris, ça serait génial non ?

— Ne devrions-nous pas nous montrer correctes et sérieuses ? Nous sommes des Reines, ne l'oubliez pas.

Les filles la regardèrent avec un sourire quelque peu amusé, si ce n'est Mélisande et Jean, qui elles approuvèrent intérieurement l'idée.

— Notre statut de Reine, qui plus est de grandes Reines nous impose une certaine retenue, je suis d'accord, s'exclama d'ailleurs cette dernière en confirmation.

— Jean, arrête, la reprit Ambre, on est aussi là pour s'amuser.

— Nous nous devons malgré tout d'être nobles Ambre.

Mélisande signifia son accord de la tête. Au-delà de sa timidité et de sa pudeur, elle estimait qu'en tant que Reine, elle se devait d'être un modèle de retenue.

— Nous sommes les nobles Reines ? demanda alors Alice avec une pointe de réflexion depuis son fauteuil.

— Oh que c'est laid, dénonça Crystal, effarée.

— C'est vrai, on devrait avoir un nom plus classe, un statut spécifique, commenta Jean.

— Ne sommes-nous pas des hautes Reines ? interrogea Psyché.

— Moi je trouve quand même que les Reines nobles cela irait bien, concéda Pâris.

— Et pourquoi pas les Reines divines ? annonça Mélisande en sortant de sa bulle.

Avalant son chocolat chaud, elle avait déclaré cela du tac au tac sans même savoir pourquoi. Puis, elle posa sa tasse toujours un peu dans son monde et releva les yeux vers ses consœurs. Étonnée, elle vit qu'elles la regardaient à la fois interloquées et émerveillées de son idée.

— Génial ! avoua Crystal.

— Je suis d'accord, accepta Pâris.

— J'avoue, concéda Jean, cela m'ira comme un gant.

S'enfonçant dans son assise, elle allongea avec sensualité les bras au-dessus de sa tête.

— Je suis une Reine divine, tous vos prétendants le disent de toute façon.

Satirique, Ambre lui jeta sa cuillère dessus.

— Tu parles tu es peut être la Reine Rouge, grande Reine de sang, mais tu n'es pas celle qui en a le plus.

— Laisse-moi rêver sale bête, lui rétorqua Jean en lui sautant dessus pour la chatouiller.

Mélisande dans son fauteuil ne put s'empêcher de sourire. Elles agissaient toutes comme si elles avaient douze ans. C'était assez amusant à voir une telle complicité, une telle confiance entre elles. Elles étaient si… exceptionnelles et radieuses.

— Hey, j'ai une idée, annonça Ambre, une idée cool.

— Oh sans rire, tu vas enfin nous quitter ? ricana Psyché.

La jeune femme ne répondit pas à cette pique gratuite et leur montra le pendentif qu'elle avait autour du cou. C'était deux ailes d'ange dorées raccordées à la chaine en leur centre.

— Ce serait parfait pour nous démarquer non ? Nous qui sommes les Reines divines.

Les filles se penchèrent en avant vers elle et le regardèrent. Fascinées, elles acceptèrent sans hésiter.

— Parfait.

— J'adore.

— Je vais demander à Phileas de nous en faire une copie pour chacune, annonça Jean, tu peux me le prêter ?

— Bien sûr.

Ambre le retira et le lui donna. Jean le montra alors plus en détail aux autres.

— Moi j'aimerais bien l'avoir sur un ruban noir, blanc ou doré pour le mettre autour du cou, à la place du symbole du Club, annonça Alice.

— Ouais, ça pourrait être pas mal. Moi je le porterais bien sur un de mes bas, à la jarretière en dentelle, déclara quant à elle Crystal.

Mélisande regarda le pendentif quand ce fut son tour et remit une longue mèche derrière son oreille. Émerveillée, elle imagina elle le porter en barrette dans ses cheveux. Cela serait d'une élégance, elle en serait certaine.

— Mesdemoiselles, dans une semaine nous ouvrirons la salle des Dieux, et je pense pouvoir dire que nous sommes prêtes pour cela, déclara Jean.

*

Dès que la salle des Dieux fut ouverte, les membres furent fascinés par l'idée. Apprenant rapidement l'existence d'un lieu où ils seraient les maîtres des Reines, comme drogués beaucoup s'étaient laissés porter par le jeu. Comment pourrait-il en être autrement ? Rien de tel que de gagner les faveurs d'une Reine, et de pouvoir en jouir en toute impunité et en toute liberté dans une salle dédiée à leur bon vouloir. Comment abandonner une réalité triste et fade si ce n'est en jouant avec ces créatures de rêve ? En ayant enfin le droit de leur faire l'amour. De ce fait, le mot passa, de bouche à oreille, de jour en nuit, jusqu'à ce que la rumeur enfle pour devenir une nouvelle légende du club : il existait quelque part en ces murs une salle où tout était permis, où les Reines restaient Reines, MAIS où les membres devenaient leurs Rois.

Dès lors, acceptant les règles du Club des Damnés, les membres essayèrent de découvrir et de flatter les Reines divines, répondant à leurs exigences, essayant d'en gagner l'attention, les courtisant de mille offrandes. Leur offrant des fleurs, un souper au chocolat, des bijoux, une robe, ou encore en leur découvrant un des mystères du club, ils n'espéraient qu'une chose, finir par être dignes d'entrer dans la fameuse salle pour reconnaître leurs visages, savoir quelles étaient ces Reines qui seraient les leurs... Et une fois que c'était le cas, quel délice... Entièrement marbrée, immense avec ses colonnes d'or montant au plafond et ses statues et bustes dorés de Dieux et de Déesses, la salle des Dieux était faite de bassins thermaux, de longues estrades grecques, de plans inclinés ruisselants d'eau, de miroirs, de vapeurs… Mais elle était si somptueuse qu'on ne pouvait pas la décrire avec des mots. On ne pouvait pas raconter toute sa majesté. Agencée autour d'une gigantesque fontaine de vin, des victuailles de fruits et de chocolats présents en abondance la rendant aussi riche que l'Olympe, elle était comme sortie de temps immémoriaux. Et il y avait sa source de lumière, sept puits de lumière éclairant ses trônes de marbre et sa fontaine, illuminant nuit et jour ses reflets d'or d'une chaleur éclatante et brillante. Et puis il y avait ces légendaires Reines divines, promises, offertes, répondant à leurs ordres. C'était la salle des Dieux.

Les jours passèrent et contre sa propre attente, Mélisande se plut étonnement de son nouveau statut. Entraînée par ses amies, gagnant en confiance, elle se laissait charmer, flattée des nombreuses attentions qu'on lui portait, appréciant de plus en plus sa condition. Devenue importante et surtout forte, elle accepta même de se dévêtir, portée par le vin, l'ambroisie et les caresses. Les semaines passaient ainsi et elle se sentit plus à l'aise, plus détendue. Elle était heureuse. Les compliments abondaient, les membres la courtisaient, et sa timidité s'effaçait devant leurs cadeaux et leurs dévotions.

Mélisande avait l'impression de vivre enfin. Toute cette opulence autour d'elle, toute cette nourriture et ces beaux garçons qui lui manifestaient de l'intérêt, c'était bien, c'était ce dont elle avait rêvé. Ils étaient si somptueux, si musclés et dévoués… Comment pourrait-elle ne pas apprécier ? Car elle était non plus une Reine, mais leur Reine, et ils vivaient pour elle sans regarder les autres, faisant disparaître sa pudeur d'enfant pour la remplacer par sa beauté de femme. Et un soir alors que le vin l'enivrait plus que d'habitude et qu'elle profitait de la compagnie de deux membres particulièrement séduisants elle se laissa aller. Se penchant sur le plus mignon au bord d'un des bassins, elle le prit timidement en bouche. S'adonnant pour la première fois à un acte de préliminaire elle embrassa sa verge, la suçota et la caressa un peu hésitante mais désireuse d'en découvrir plus. Elle ne protesta même pas quand le second membre dégrafa son soutien-gorge et lui pelota les seins avant de glisser un doigt entre ses cuisses sous son dessous pour la masturber un peu. Mélisande se sentait épanouie, femme, enfin. Elle avait le bas ventre chaud et les seins excités, elle se sentait bouillir de désir, elle se sentait bien. Mais elle était malgré tout encore débutante et tâchant de ne pas l'afficher, honteuse, elle se laissa modeler. Elle ne refusa ainsi pas quand le second membre l'amena plus fermement à venir lui faire une fellation à lui aussi, la forçant de la main à aller plus vite et toujours plus loin. Elle n'y connaissait pas grand-chose donc elle ne protesta pas. Mais prise au dépourvue, s'attendant à plus, à perdre sa virginité avec douceur et de la meilleure façon possible avec ces deux hommes pour qui elle craquait, elle tomba en désillusion. Son cœur meurtri, elle ne dit rien quand ensemble, sans la ménager, ils lui éjaculèrent sur les seins et sur le visage dans un rauque exalté. Laissée sur sa faim mais surtout écœurée et effrayée de comment cela s'était passé, elle prit peur et pleura intérieurement. C'était donc ça un homme ? Un mâle primaire qui se vidait sur elle disgracieusement ? Les rêves de Mélisande s'effondrèrent. Sa nouvelle réalité se brisa aussi rapidement qu'elle lui était apparue.

Ambre rejoignit discrètement et Crystal et Pâris dans une des loges. Toute excitée, elle leur sourit de façon entendue et elle leur montra une boîte de pilules qu'elle avait apportée.

— On va pimenter l'affaire, déclara-t-elle avec enthousiasme. Dimanche, ce sera l'apothéose.

— Parfait, s'exclama Pâris en regardant la médication qu'elle avait amenée, j'ai hâte d'y être.

— Et moi donc !

Les trois amis se félicitèrent déjà de rendre la soirée plus trépidante à la prochaine ouverture de la salle des Dieux, quand en sortant furtivement de la loge comme si de rien n'était, elles croisèrent l'homme des lieux.

— Phileas ? demanda alors Pâris.

— Oui ? s'arrêta celui-ci pour leur faire face.

— On s'était dit que cela serait sympa s'il y avait de la musique dans la salle des Dieux. Pour une ambiance plus enivrante.

L'homme du club d'abord surpris les regarda avec une pointe d'amusement dans les yeux.

— De la musique classique ou moyenâgeuse alors, rien de contemporain, annonça-t-il.

— Ça marche ! approuva Pâris.

— Parfait, j'y penserai.

*La veille de l'ouverture hebdomadaire de la salle.*

— Allez, Mélisande, ce ne sera pas pareil sans toi ! déclara Ambre.

— Non, je t'assure, je serais occupée, répondit celle-ci.

— S'il te plait ! Qu'est-ce que tu peux avoir de plus important à faire ?

152

— J'ai une vie, tu sais ?

Mélisande rangea le livre qu'elle avait emprunté dans la bibliothèque du club et se retourna vers son salon habituel.

— Je te promets que la soirée sera géniale ! la supplia encore Ambre en la suivant. Tu vas adorer !

La jeune femme regarda son amie avec agacement. Elle ne voulait vraiment pas venir. Pas après ce qui s'était passé la dernière fois. Cela lui avait coupé l'envie pour un temps.

— Écoutes, il y aura vingt membres cette fois-ci, tous plus beaux les uns que les autres, tu trouveras forcément chaussure à ton pied !

— Haha, non merci, j'ai l'impression que mes pieds doivent être difformes à force !

Ambre joua sa carte ultime.

— Tes deux membres préférés, les plus mignons du club d'ailleurs soit dit en passant veulent que tu sois là. Ils viennent spécialement pour toi !

Mélisande se retourna vers Ambre anxieusement et se mordit la lèvre.

— Antoni James et Carlos Santos ? Ils seront là ? s'exclama-t-elle hésitante.

— Oui, s'enjoua Ambre. Et Carlos est célibataire maintenant, il me l'a dit, et aucune de nous ne l'a touché parce qu'on te le laisse exprès, alors viens !

Mélisande regarda son amie qui avait du mal à cacher son excitation. Puis elle fulmina intérieurement.

— C'est bon, je serais là… céda-t-elle.

— Youpie !

Ambre lui sauta dans les bras et la couvrit de bisous.

— T'es la meilleure, je t'adore !

— Oui bon, ça va, essaya de se décoller Mélisande. Gardes en pour les membres tu m'étouffes.

La jeune femme la lâcha et lui prenant les mains, la regarda avec gratitude.

— Merci, tu ne le regretteras pas.

*

Mélisande portait une lingerie mauve en dentelle des plus valorisantes. Accompagnée de bas et de gants montant de la même étoffe, sa tenue était complétée d'un collier d'améthystes mauves, et sa longue chevelure était montée en un chignon serti d'un diadème par Édouard.

Enfin, maquillée légèrement par Francis, Mélisande se parut d'un loup en dentelle mauve.

La jeune Reine poussa les deux lourdes portes en bois décorées d'une tête de lion ouvrant la salle des Dieux. Souriante, elle se laissa immédiatement offrir une coupe de vin et s'avança à l'intérieur. Vingt membres pour sept Reines. Vingt Rois pour sept jeunes filles désireuses de s'amuser. Mélisande se mordit la lèvre enjouée en voyant deux sexes dressés passant devant elle pour aller rejoindre Alice dans un des bassins, et marcha jusqu'à Jean. La rejoignant, elle lui adressa son bonjour puis commença à descendre dans le bassin chaud pour finir son verre. Elle n'eut cependant même pas le temps d'être mouillée jusqu'aux cuisses qu'un membre, nu et fièrement dressé se présenta derrière elle et la serra par la taille. Sentant fermement son sexe contre ses fesses, elle frissonna et tourna la tête vers lui. Elle l'embrassa alors avec passion et n'hésita pas à saisir ce membre viril pour le caresser énergétiquement.

Finissant son verre, elle l'invita alors à s'agenouiller devant elle et à s'occuper d'elle. Le tenant fermement contre elle, la culotte à ses chevilles, elle se laissa prodiguer un cunnilingus des plus endiablés tout en se faisant outrageusement peloter les fesses. Mélisande ne se gêna pas d'exprimer son plaisir et gémit fortement, ses cris noyés parmi les autres et la musique. Elle avait finalement décidé de s'amuser et de profiter. Après tout, pourquoi pas ? Elle eut ainsi rapidement un orgasme et laissant sa culotte dans l'eau, elle se rendit à la fontaine se servir une autre coupe de vin. Elle y vit alors avec malice Ambre se pencher pour en faire de même, mais sans même être prévenue, se faire prendre en levrette par un blondinet plutôt musclé et bien monté.

Mélisande se montra envieuse et ne put s'empêcher de regarder les seins de son amie se trémousser sous les à-coups et d'observer la fusion de ces deux êtres. Puis elle vit Carlos, caressant la jambe de Psyché dans un bassin alors que trois autres membres l'embrassaient et la prenaient à tour de rôle. Mélisande avala d'une traite son verre et s'y rendit. Cette fois ce serait la bonne, elle l'aurait. Rentrant dans le bain elle alla jusqu'à lui et sans même lui dire quoi que ce soit, elle s'agenouilla dans l'eau pour lui faire une fellation. Son attention attirée et ses cheveux caressés en gratitude, elle le suça ainsi durant tout le temps nécessaire, jusqu'à ce qu'il éjacule dans l'eau. Satisfaite elle l'embrassa, l'invita à la rejoindre quand il serait de nouveau en forme, puis se resservit une coupe de vin. Fière d'elle, satisfaite de son nouveau courage, portée par l'alcool, elle avala goulument son breuvage. Elle ne le termina toutefois même pas qu'un membre la rejoignit alors et lui dégrafa le soutien-gorge. Il lui embrasa les seins tout en la masturbant. Mélisande à qui la boisson tournait la tête se complut dans ces attentions, et invita du doigt un autre membre à venir lui lécher l'entrejambe. Elle se lâchait totalement, prise par le vin et désireuse de passer la nuit de sa vie. Elle était Reine au Club des Damnés, elle était une Déesse sur terre, elle était là pour prendre du plaisir !

Cinq minutes plus tard, Mélisande était à quatre pattes et faisait une fellation à deux autres hommes. Enivrée et désinhibée, elle avala pour la première fois et ne se cacha pas d'aimer ça. Tout émoustillée, prête à faire la fête, elle était partie pour voir si Carlos avait repris du poil de la bête, quand des bras puissants passèrent soudainement autour de sa taille pour la bloquer. Penchée instantanément et de force avant même d'avoir pu protester, on la pénétra alors d'un coup sec et particulièrement violent.

Mélisande hurla d'effroi. Elle essaya de se dégager mais on la retenait fermement par les hanches en lui donnant des coups toujours plus forts et violents dans le bas ventre. Et la musique qui lui paraissait tout à coup horriblement forte couvrait ses refus. Personne ne l'entendait dans le bruit environnant, ou tout le monde trouvait cela normal. Mais Mélisande hurlait de douleur. Elle ressentait avec supplice chaque centimètre qui pénétrait férocement ses chairs. Presque prise d'un haut-le-cœur, elle s'horrifia le souffle coupé de la longueur et de la largueur de ce sexe. Il allait jusqu'au fond d'elle et tentait de la repousser plus encore, chaque fois plus agressivement. C'était abominable, elle avait les larmes aux yeux. Et son esprit était encore si embrouillé et elle était si faible face à son assaillant qui la bloquait sans lui laisser le choix… Effrayée, elle chercha de l'œil ses camarades pour avoir leur aide. Buvant avec les autres membres, couchant, s'échangeant, elles ne la regardaient cependant même pas. Et la vapeur environnante n'aida pas, on n'y voyait pas si bien.

Mélisande réalisa avec effroi qu'elle participait à une véritable orgie et que tout le monde était trop ivre pour comprendre ce qui lui arrivait.

Impuissante elle pleura sous les à-coups violents qu'elle recevait, son jeune sexe jusque-là vierge martelé et repoussé au bord de ses limites. Puis l'horreur continua. Un autre membre musclé et plus fort qu'elle la saisit et la força à prendre son sexe en bouche. Dominée avec force, Mélisande incapable de se débattre, ni même dorénavant de protester, par sa nature frêle, la prise d'alcool, et de ce qui avait été ajouté dedans, tétanisée subit alors son propre viol dans les vapeurs d'alcool et d'eau. Sa bulle s'effondrant sur elle, elle sombra. Traumatisée, utilisée comme de la viande, elle ne s'amusait plus. Elle sentit son vagin se déchirer, elle ne put que crier dans sa tête après une violente sodomie… Implorante, elle supplia que son calvaire se termine. Comment pouvaient-ils ne pas remarquer son refus ? Ne pas voir qu'elle ne voulait pas ? Ne pas comprendre ses larmes et ses supplications. Lui bloquant les mains, ils ne lui laissèrent cependant aucun choix. Aucun des six hommes qui lui passèrent dessus.

# XVII


Phileas était penché dans les archives sur le registre des Reines.

Réfléchissant à toute vitesse, dessinant un tableau de périodes de présence dans sa tête, il tenta de se souvenir 17 ans d'existence, de dresser toutes les variables et toutes les conjonctures, d'établir toutes les possibilités concrètes. Mais tout revenait à un seul dénominateur. Quatre morts, quatre Reines divines. C'était le seul facteur récessif temporel liant ces Reines entre elles dessinant un schéma spécifique, un possible mobile. La salle des Dieux. Tout y était lié… Phileas regarda machinalement la longue liste des Reines qu'il connaissait par cœur, tourna les pages : il existait encore deux Reines de cette période qui pouvaient être menacées, d'autres divines. Pâris et Mélisande. Mais la première était encore introuvable et la seconde était protégée… Il n'y avait donc pour l'instant rien à craindre. Les autres Reines étaient même pour ainsi dire écartées du danger.

Mais Phileas se creusa les méninges. Il passait à côté de quelque chose, il le sentait. Il y avait une donnée qui lui manquait, quelque chose qui se cachait dans sa mémoire et qu'il ne liait pas encore à tout, il passait à côté de quelque chose d'important.

Puis il comprit. Phileas sortit à toute allure de la salle secrète et courut pour regagner le train souterrain et sa voiture. Jean aussi était une Reine divine. Mais l'assassin ne savait peut-être pas qu'elle était morte, et Chloé vivait toujours dans leur appartement.

Faisant vrombir l'Aston Martin, Phileas démarra en trombe. Chloé ouvrit sa porte et rentra dans son appartement. Mettant ses clés dans la serrure à l'intérieur, elle ne verrouilla pas. L'esprit ailleurs, elle prépara vite fait un sac d'affaires puis retira ses vêtements et se rendit à la salle de bain pour prendre une douche.

Phileas accéléra de plus belle et activa sa commande vocale.

— Ordinateur, appelle Chloé ! lâcha-t-il.

L'interface intelligente composa le numéro de la jeune femme. Dans leur chambre, un téléphone se mit à vibrer sur la table de nuit.

— *« Bonjour, vous êtes bien sur le portable de Chloé, je ne suis pas là pour le moment... »* répondit l'ordinateur.

— Ordinateur, raccroches, réessayes !

Phileas grilla un feu rouge et fonça de plus belle vers le sud de la ville. Il était à plus de 110 km/heure. Il fallait qu'il se dépêche. Il avait un mauvais pressentiment.

Chloé se shampouina sous le jet d'eau salvateur et fredonnant un petit air, nettoya ensuite tranquillement son corps avec son gel douche.

— *« Bonjour, vous êtes bien sur le portable de Chloé, je ne suis pas... »*

— Raccroche, ordonna Phileas, appelle *M.*

L'ordinateur contacta sa femme à son bureau.

— *« Méphala, j'écoute »*, répondit Adélaïde.

— Essaye de joindre Chloé ! Elle risque d'être celle à laquelle on ne pensait pas !

— *« Quoi ? »* s'effara Adélaïde.

Phileas lui expliqua rapidement la situation, alerte en regardant la route. Puis il accéléra encore.

Chloé se rinça et prenant sa serviette, s'essuya avant de l'enrouler autour de sa taille.

L'homme du club slaloma entre les voitures. Il était encore à une dizaine de pâtés de maisons de chez elle. Bon Dieu, les risques que l'assassin se rende chez Jean et s'en prenne à Chloé étaient minces, mais s'il attendait qu'elle y retourne, il tomberait sur elle à coup sûr. Et elle venait d'y rentrer.

— Dépêche-toi !

— Je n'arrive pas à la joindre Phil, fais vite ! s'affola Adélaïde.

— Et Krimm ? rétorqua Phileas.

— Je vais lui dire de s'y rendre immédiatement !

Chloé entra dans sa chambre, et enlevant sa serviette, la jeta sur le lit pour se changer. Entièrement vêtue de noir, un individu sortit soudain de nulle part et fonça sur elle. Chloé s'effraya immédiatement en le voyant et tenta de lui échapper. En se protégeant, elle reçut un coup de couteau qui lui lacéra le bras droit. Phileas s'arrêta devant chez elle, sortit l'arme au poing de sa voiture et sonna pour qu'elle lui ouvre. Chloé hurla à l'aide en entendant la sonnette et se débattit pour tenter de fuir la chambre. L'assassin la frappa au dos. La jeune Reine eut juste le temps de s'extirper assez de son emprise pour parer le coup, mais la lame ricocha contre son omoplate, ouvrant une large et profonde entaille. Elle essaya d'atteindre l'interphone pour ouvrir. Phileas sonna encore. Ne recevant pas de réponse il tira sans hésiter dans la porte vitrée, entra dans l'immeuble et monta les marches quatre à quatre. L'agresseur lui attrapa le mollet et Chloé cria à l'aide. Elle se retourna pour lui donner un coup de pied au visage mais fut frappée sous la cage thoracique.

La lame rentra de cinq centimètres. Phileas arriva devant chez elle et tomba sur Krimm essayant d'ouvrir. Le voyant, celui-ci comprit. Sans même en discuter, ils se jetèrent ensemble sur la porte pour la défoncer. L'assassin s'affola immédiatement en les entendant et courut vers la terrasse. La porte s'ouvrit à la volée à la seconde ruée et l'homme du club visa instantanément l'épaule de l'agresseur pour ne pas la tuer. La silhouette féminine sembla prendre la balle de plein fouet mais réussit à sauter par-dessus la rambarde. L'agent Krimm ressortit pour partir à sa poursuite tandis que l'homme du club se rendit auprès de Chloé.

Nue et ensanglantée, meurtrie, celle-ci se traîna en larmes vers lui et se blottit dans ses bras. Effondrée et traumatisée, elle y pleura de tout son être. Le maître des Reines prévint Adélaïde et en attendant les secours, lui prodigua les premiers soins pour s'assurer que sa vie n'était pas en danger. Puis lui passant une serviette propre sur le corps, il la serra fort contre elle et fit son maximum pour la réconforter et la calmer. Chloé était sauve.

# XVIII


Adélaïde attendait inquiète chez elle. Elle faisait les cent pas en se morfondant, se faisant du souci pour Chloé. Phileas l'avait sommairement soignée, mais elle avait dû envoyer une équipe sur place pour recoudre ses blessures et s'assurer de son état de santé. Et puis il avait fallu réparer la porte vitrée de l'entrée de la résidence, celle de son appartement, mais aussi gérer la police appelée sur les lieux par les riverains et les autres propriétaires. Adélaïde avait donc dû s'occuper de tout ça au lieu de retrouver son amie. Ce n'était que maintenant, plus de six heures après que la tentative de meurtre ait eu lieu, qu'elle pouvait enfin se permettre de souffler, d'être non plus la cheffe du *Service* mais Adélaïde. Et elle était là, à attendre qu'elle arrive, une boule au ventre.

La lumière des phares éclaira la cuisine à travers la fenêtre et l'Aston Martin se gara dans l'allée à l'extérieur. Adélaïde sortit en trombe. Se précipitant auprès de son amie, dès sa sortie de la voiture elle lui prit le visage en main et l'embrassa rassurée.

— Tu es vivante, Bon Dieu tu es vivante ma chérie, fut-elle soulagée.

Chloé la regarda avec détresse, et refondit en pleurs.

— C'était horrible Adélaïde, j'ai cru que j'allais mourir...

Traumatisée, elle pleura dans ses bras à chaudes larmes et Adélaïde regardant Phileas les yeux rouges, elle aussi effondrée après s'être retenue durant des heures, elle l'amena à l'intérieur. Elle ne dit rien à son époux, mais le remercia intérieurement d'avoir sauvé son amie. Chloé comptait tellement pour elle, elle n'aurait pas pu supporter de la perdre.

— À partir de maintenant tu vivras ici, annonça-t-elle, même si c'est l'appartement que vous aviez acheté avec Jean, tu resteras ici jusqu'à ce qu'il redevienne sûr.

Phileas verrouilla la voiture et ils rentrèrent à l'intérieur.

*

Chloé s'endormit rapidement dans leur lit. Phileas lui avait donné un sédatif puissant pour qu'elle se repose. La sachant en sécurité, Adélaïde et lui s'installèrent alors dans leur cuisine pour discuter de la situation en mangeant.

— Elle a une écaille osseuse et une fracture de l'omoplate, une large entaille dans le dos, son bras a été ouvert presque jusqu'à l'os mais ce qui nous inquiétait le plus c'était son ventre. La lame est passée sous la cage thoracique, fort heureusement elle n'a rien percé. Elle a eu une chance folle.

— Que tu aies eu un mauvais pressentiment et sois arrivé à temps, lui concéda Adélaïde. Sans toi elle était morte.

Phileas but son verre de jus de pomme.

— Elle aura des séquelles, outre les cicatrices, la douleur osseuse et le traumatisme, son épaule ne retrouvera peut-être jamais une mobilité parfaite. Elle devra suivre une rééducation une fois qu'elle n'aura plus d'écharpe ni de bandage. En attendant, on l'a dopée avec de la morphine, continua Phileas en mangeant un sandwich préparé avec ce qu'ils avaient trouvé dans le réfrigérateur.

Adélaïde se resservit un verre de soda et avala une bouchée.

— Putain, elle devra être forte, s'exclama-t-elle.

— Oui, très. Lagarde viendra s'occuper d'elle dès demain. Il gérera toute son évolution. Si cela cicatrise mal, il tâchera de lui faire de la chirurgie réparatrice.

— Et concernant Krimm ? Comment se fait-il qu'il n'ait rien vu venir ?

— Il était vigilant, il m'a dit, mais même s'il a surveillé l'entrée de son appartement à partir du moment où Chloé est rentrée chez elle, je pense qu'il s'est fait avoir. L'assassin devait déjà être dedans…

— Et par rapport à l'assassin justement ? demanda alors Adélaïde.

Phileas haussa les sourcils de consternation.

— Femme, svelte, vive, intelligente, rapide, visiblement douée en gymnastique et en chute. Elle a quand même survécu avec brio à un saut de près de dix mètres avec une balle dans l'épaule.

— Comment c'est possible ? s'étonna encore la jeune femme.

— Elle est douée, experte. Elle sait comment retomber correctement, révéla Phileas. Krimm ne l'a même pas vue s'enfuir. Elle avait déjà disparu quand il est arrivé en bas.

— Cela nous donne-t-il des indices ?

— Non, mais cela nous confirme qu'elle en a après les Reines divines avant tout, qu'elle possède une liste. Jean n'est plus sur la sonnette, mais Chloé y est toujours. Elle a dû réaliser qu'il s'agissait peut-être de notre Chloé, la Reine d'Or, et donc attendre qu'elle arrive. En la voyant elle aura eu confirmation de ses soupçons et a tenté de la tuer.

— Ton analyse était donc juste, encore une fois. Alors quelle est la suite des événements ? On fait quoi ?

Phileas termina d'avaler ce qu'il avait en bouche, sortit son téléphone et composa le numéro de Pâris. Il tomba immédiatement sur son répondeur.

— Pâris, c'est Phileas, rappelle-moi, c'est urgent. Chloé a failli y rester, l'assassin en a après les Reines divines.

Il raccrocha et regarda sa femme avec tristesse.

— Mélisande. Nous devons la protéger à tout prix. C'est notre priorité.

Adélaïde acquiesça.

— C'est déjà fait, je voulais qu'elle vienne ici mais elle a préféré aller au Club des Damnés. Quatre Cavaliers restent avec elle, Alfred, Hector, Basile et John.

— Bien, j'irai la voir demain, approuva le maître des Reines.

Adélaïde reprit.

— Les rapports de Benjamin Johns ne donnent rien, les enquêteurs n'ont aucune piste, ni aucune empreinte, rien. Et eux n'ont aucune idée du lien entre les victimes. Alors comment trouve-t-on cette salope ?

— Les Cavaliers vont continuer à éplucher les registres des membres, cibler les femmes qui étaient là aux Rodiers à la même période que Chloé et les Reines divines, et me donner des noms. J'enquêterai. Pour le reste, nous devrons redoubler de vigilance concernant la protection des autres. Sait-on jamais.

— Bien, je suis d'accord. En attendant d'avoir plus d'éléments, nous ferons cela. J'ai déjà ordonné qu'on surveille les hôpitaux et les cliniques de la région, peut être que notre femme fera une erreur et ira se faire retirer cette balle que tu lui as mise dans l'épaule. Je n'y crois pas trop mais espérons tout de même.

— Oui, c'est une bonne idée.

Adélaïde termina son sandwich, puis releva les yeux vers son mari avec cette fois interrogation. Une question lui était apparue à l'esprit durant ces six interminables heures où elle n'avait pas pu voir Chloé. Une question qui lui brûlait les lèvres.

— Je t'écoute, comprit immédiatement Phileas. Interroge-moi.

La jeune femme prit une inspiration, puis se lança.

— Qui sont les Reines divines ? Quelle était leur fonction aux Rodiers ?

Phileas souffla en s'étirant. C'était une question qui le mettait mal à l'aise. Il se sentait toujours coupable en se rappelant cette période, cette caste.

— L'idée est venue de Jean, raconta-t-il. C'est un groupe qu'elle avait formé à l'époque et qui désignait les Reines officiant dans la salle des Dieux. Elles y servaient de délice à ceux qui arrivaient à résoudre trois mystères du Club ou à simplement gagner leurs faveurs par leur dévotion et leur fidélité. À l'époque, c'était les seules Reines avec qui on pouvait faire l'amour sans retenue et surtout à plusieurs.

— Comment ça ? demanda Adélaïde.

— Avant que tu n'arrives, le Club était plus chaste, je ne sais pas si tu te souviens des histoires, mais du temps des premières Reines, l'édifice faisait l'éloge du mystère et les Reines étaient très peu accessibles. Elles se laissaient toucher un peu, elles caressaient, mais seules deux ou trois allaient occasionnellement plus loin. Mais la salle des Dieux était la salle où les membres pouvaient avoir les Reines, sept d'entre elles, et où tout était permis.

— Et il se passait quoi dans cette salle ?

Phileas souffla de dépit.

— J'avais besoin de motiver les membres, de les inviter à rester, et surtout de canaliser la fièvre et la tension sexuelle grandissantes au Club. Je ne voulais pas que les Reines couchent à tout va… alors j'ai accepté l'idée. Mais c'était mon erreur même si Jean a lancé la machine… toute cette histoire fut une grave erreur. Un secret que j'ai essayé de faire disparaître.

— Phileas, il se passait quoi dans la salle des Dieux ?

Son mari la regarda presque indigné.

— Une orgie sans nom. Les membres avaient le droit de les prendre autant qu'ils voulaient, sans restrictions, sans limites…

Adélaïde mit les mains devant la bouche, effarée.

— C'était devenu un lieu de débauche et de soumission. Les Reines s'étaient laissé aller au jeu et cela a dérapé en mon sens. Les clients avaient le droit de les attacher, de les malmener, de les prendre à plusieurs, d'en faire ce qu'ils voulaient…

L'homme du club raconta cela avec une telle tristesse, une telle culpabilité qu'Adélaïde se sentit obligée de tenter de le réconforter.

— Phil, j'ai fait ça pour toi aussi, à Hong Kong, et je ne le regrette pas.

Phileas regarda sa femme, se rappelant ses actions en tant que Reine bien avant leur mariage.

— Oui mais là c'était gratuit… Hong Kong c'était une mission du *Service* pour libérer des esclaves mineures prostituées. La salle des Dieux, c'était une apologie du sexe barbare. Tout était permis. Ils faisaient des orgies… Il y avait une vingtaine de membres et elles s'offraient totalement et ensemble… C'était… c'était allé trop loin.

— Et donc toutes les Reines assassinées étaient de ces Reines divines ?

— Oui…

Phileas soupira, la tête dans les mains.

— C'était de 1999 à 2000. Alice et Crystal venaient d'arriver au Club, elles y étaient depuis quelques semaines. Mélisande et Alice furent recrutées par Ambre et les autres directement par Jean. Cela a duré quelques semaines avant que je ne ferme la salle.

— Jean était aussi impliquée ?

— Oui… elle venait de se faire quitter par son copain alors elle voulait profiter.

— Ah…

Adélaïde eut une pointe de déception en entendant tout ça. Cela dessinait un portrait de son amie décédée largement moins flatteur que celui dont elle se souvenait. Phileas sembla s'en apercevoir et la rassura instantanément.

— Jean a commis une erreur, elle n'a pas fait attention… Elle s'en est longtemps voulu. Mais elle restait quelqu'un d'exceptionnel, tout comme les autres Reines. Aucune n'était mauvaise, continua-t-il. Même Pâris que tu connais et adores, elle s'est juste laissée emporter… et cela a eu de lourdes conséquences.

— Mais je ne comprends pas, si tout le monde était consentant, en quoi était-ce si horrible que ça ? demanda Adélaïde.

Phileas la regarda avec honte.

— Parce que Mélisande s'est fait violer sans que personne ne s'en rende compte.

Adélaïde regarda Phileas avec effroi.

— Ils sont passés à six sur elle contre son gré. Ils étaient ivres et drogués et je l'ai retrouvée au petit matin prostrée dans un coin du labyrinthe, tétanisée et à demi morte. Ses sévices ont failli lui coûter la vie.

# XIX


Phileas repartit au Club des Damnés. Fatigué, il aurait aimé rester dormir mais il voulait compulser de vieux registres. Pour ne pas se sentir totalement impuissant. Adélaïde avait approuvé son idée mais épuisée, elle avait décidé elle de rester à la maison pour veiller sur Chloé. Ne tenant plus debout, elle s'était ainsi allongée à côté d'elle et endormie comme une masse. Bella était ensuite arrivée. Se servant de son jeu de clés, revenue de son voyage au Japon, elle avait accouru dès qu'elle avait appris la nouvelle et se joignant à ses deux amantes, sombra elle aussi dans un profond sommeil.

Phileas épuisé plongea son nez dans les gros volumes de papier. Il ne restait plus beaucoup d'archives des Rodiers depuis l'incendie, mais certains registres étaient dans un coffre. Il en restait donc de la période concernée. Tournant les pages, lisant des lignes d'informations pour se rafraîchir la mémoire, il essaya de trouver un couple type qui serait venu à deux. Le mari aurait très bien pu rejoindre la salle des Dieux, et sa femme devenue jalouse avec le temps aurait décidé de se venger. C'était une situation plausible qui offrirait un bon mobile. C'était commun, cela expliquerait que la meurtrière reconnaisse Chloé, et même s'il n'avait toujours aucune idée de comment cette femme aurait pu entrer en possession de la liste des Reines divines avec leurs adresses et leurs véritables noms, cela se tenait.

L'homme du club éplucha ainsi le registre des membres pour tenter de se souvenir, de se rappeler les visages associés aux noms et de se remémorer leurs caractères.

Il passa quatre heures à fouiner dans le passé. Quatre longues heures à faire fonctionner sa mémoire et ses souvenirs, à relier des situations, des détails et des événements entre eux pour établir des profils psychologiques sommaires. Puis il eut un suspect. Il dormit alors cinq heures et une fois réveillé et reposé, il prit sa voiture et partit en direction de Chamonix. Anatol et Karine Delmont. Âgés de vingt-cinq et vingt-trois ans en 2000, Phileas se souvenait bien d'eux. Il avait un tempérament violent et coureur et avait passé plusieurs soirées dans la salle des Dieux alors qu'elle devait regarder ses flirts avec les Reines et se taire. C'était une gentille fille mais qui aurait très bien pu développer une rancœur maladive envers le club. L'homme du club se souvient qu'un soir il l'avait surprise avec deux autres membres, à faire l'amour à quatre avec une Reine pour se venger. Il avait tu son secret, connaissant la jalousie de son mari, mais malgré cela, elle pourrait être leur meurtrière. Car il lui en avait infligé des choses à regarder, cela devait être un sacré supplice. Et puis elle était très athlétique à l'époque.

Phileas arriva à Chamonix peu après treize heures. Se rendant vers chez eux, il attendit alors dans sa voiture de voir Karine sortir de chez elle ou y rentrer. Mais elle se révéla bien vite innocente. Une voiture familiale se gara devant chez elle et elle en sortit accompagnée de ses trois enfants, âgés de trois à huit ans il dirait. Tenant son dernier dans les bras, son épaule ne semblait pas le moins du monde douloureuse. Ce n'était pas elle.

*

Adélaïde était arrivée au *Service* vers neuf heures. En se réveillant, elle avait vu Bella dans le lit avec elles et discutant sur l'oreiller, elles avaient convenu qu'elle resterait avec Chloé pour lui tenir compagnie et lui changer les idées. La jeune femme avait accepté, et s'habillant, Adélaïde était donc partie travailler. Elle n'en avait pas du tout envie mais elle devait au-delà de son envie de rester auprès de son amie, continuer à gérer le *Service*, ses missions, et faire son travail de cheffe. Elle se devait d'être présente et efficace. Peu motivée, elle se rendit à son bureau quand elle tomba sur Corie qui attendait devant la porte. Vêtue d'une robe à manches longues bleutée en coton s'arrêtant à mi-cuisse, la jeune femme patientait en regardant à droite à gauche, le regard perdu.

— Corie ? s'étonna-t-elle. Que puis-je pour vous ?

L'assistante de Phileas tourna la tête vers elle et afficha son plus beau sourire.

— Bonjour Madame, désolée de vous déranger dès votre arrivée, mais je dois vous faire signer des documents, s'exclama-t-elle.

Adélaïde la regarda, et voyant la pile de dossiers entre ses bras, l'invita à rentrer sans un mot.

— Merci bien, sourit la jeune blonde. Ce sont des rapports faits suite aux missions de votre époux durant ces deux dernières années et l'antenne chinoise me tanne pour les avoir. Sauf que je ne peux pas les envoyer sans votre signature.

Adélaïde acquiesça, accrocha sa veste sur le portemanteau et s'installa à son bureau. Elle alluma ensuite son ordinateur, fit un peu de place devant elle et sortit un stylo pour apposer sa griffe. Corie penchée par-dessus le bureau lui tendit alors les fameux documents.

Patiemment, consciencieuse, *Méphala* relut rapidement chacun des rapports et les signa l'un après l'autre, passant une dizaine de minutes à les vérifier. Mais ce qui était à faire était à faire, la paperasserie était l'un des aléas du métier quand on dirigeait. C'était même malheureusement le plus gros du job, pensa-t-elle.

— Voilà, c'est terminé, souffla-t-elle en refermant son stylo et en le posant sur la table.

— Merci.

Corie récupéra d'un sourire tous les documents et soulagée que cela soit enfin fini, Adélaïde la laissa s'en aller. Mais la jeune femme n'eut même pas le temps d'ouvrir la porte pour sortir qu'elle n'y tient toutefois plus. Maintenant que l'aspect professionnel était expédié, elle pouvait faire état d'une affaire personnelle.

— Vous savez que les voitures de fonction sont équipées de caméras ? l'interpella-t-elle l'air de rien.

Corie s'arrêta nette sur place, tétanisée en entendant ces mots.

La main sur la poignée, elle ferma les yeux et ravala sa fierté, tremblante. Son estomac se crampa et son cœur fit un bon dans sa poitrine. *Méphala*, calme, attendit sans bouger depuis son bureau de voir sa réaction. Elle jubila intérieurement… Puis la jeune assistante se retourna. Gênée, mal à l'aise, effrayée, elle fit alors face à sa cheffe, les yeux baissés. Elle savait qu'elle l'avait faite cocue.

— Je… marmonna-t-elle.

— Je ne sais pas ce qui m'a le plus plu, ironisa *Méphala*, vous qui draguez un peu mon mari, lui qui vous met des doigts ou vous qui malgré votre soi-disant fidélité avez arrêté la voiture pour le sucer et vous faire sauter sur le capot comme la petite pute bien docile que vous êtes.

Corie se risqua à lever les yeux pour affronter un regard noir et assassin qui mettait fin à sa carrière.

— Je… je suis désolée madame, ce que j'ai… ce qu'on a fait est impardonnable.

— Pardon ? Je n'ai pas entendu ! Vous pouvez répéter plus fort ? lui demanda Adélaïde avec dureté et cynisme.

La jeune femme, les yeux rouges la regarda d'un regard de chien battu.

— Pardon, je n'aurai pas dû, je suis désolée, annonça plus fortement Corie.

— C'est tout ce que vous avez à dire ? Bon sang, vous étiez plus expressive et votre ton était plus haut quand vous vous faisiez sauter ! À croire que la sodomie vous a coupé la voix !

Corie fondit presque en larmes, rabaissée ainsi.

— Asseyez-vous, lui ordonna *Méphala*.

La jeune femme avança timidement vers le bureau et s'installa à une des chaises.

La cheffe se lâcha alors.

— Vous n'êtes qu'une petite pute Corie, une salope infidèle qui ne recule devant rien pour voler les mecs des autres. Je vous déteste, je devrais vous faire tuer, exécuter ici même ! Vous n'êtes qu'une merde.

Corie se fit toute petite et éclata en sanglots. Elle se laissa humilier sans rien dire, totalement dominée et perdue. Le pire était que *Méphala* ne haussait jamais la voix, elle ne s'énerva même pas, non elle restait calme, sereine, elle était juste froide et impitoyable.

— Alors concernant mon mari, cet enfoiré étant le meilleur agent que ce service ait connu, je ne peux pas le virer, je réglerais donc mes comptes autrement… Mais en ce qui vous concerne, vous êtes virée, et soyez-en sûre, la petite vidéo que vous m'avez laissée va atterrir tout droit dans la boîte mail de votre copain et sur internet.

Corie fit non de la tête. Abattue, elle refusait cela. Son univers s'écroulerait si cela arrivait.

— Non, non, pitié, tout mais pas ça ! Envoyez-moi ailleurs si vous le voulez, mais ne me virez pas, j'aime ce boulot ! Et ne montrez pas la vidéo à mon copain, il ne me pardonnerait pas ! Je vous en prie madame !

— Ça ma chère, il fallait y penser avant de sucer mon mari et de lui tendre votre cul ! annonça fermement Adélaïde.

Corie posa les documents sur le bureau et regarda sa cheffe en joignant les mains.

— Pitié ! Je vous en supplie, s'exclama-t-elle, je ferai tout pour mon travail et que vous gardiez le secret ! Pitié ! Promis, je ferais tout !

Adélaïde la regarda avec condescendance. Cette petite chose soi-disant fatale qui serait prête à ramper devant elle… c'était pathétique.

— Ce que vous aimez c'est travailler avec lui, et ça je ne le permettrai plus jamais ! lui cracha-t-elle presque à la figure, vous me débectez !

— C'est faux ! C'est faux je vous assure ! rectifia Corie. J'aime ce que je fais ici plus que de travailler avec lui, je me sens utile ! S'il vous plaît, pitié !

Adélaïde la regarda d'un œil noir.

— Je ferais tout pour garder ma place et que vous ne le disiez pas à mon copain ! reprit Corie. Tout, je vous en supplie, je m'excuse pour ce que j'ai fait, punissez-moi comme vous le voulez mais ne me faites pas ça !

Adélaïde balança de la tête, exaspérée. Elle lui donna des mouchoirs et attendit qu'elle se calme. Après tout, elle faisait du bon boulot, c'était vrai. Elle ne pouvait pas se permettre d'être si dure, elle devait rester professionnelle. Elle se devait de rester objective.

— Je ferais n'importe quoi, répéta Corie, n'importe quoi…
Adélaïde la dévisagea avec cynisme. Il y avait tellement de moyens de la punir.

— N'importe quoi ? demanda-t-elle.

— Oui, promit Corie. Je le jure, n'importe quoi.
Adélaïde l'observa sécher ses larmes, cette jeune femme qu'elle avait rendue si fragile, elle ferait n'importe quoi. Sans un mot elle se leva alors, s'avança vers elle, et la redressa sur ses jambes. Corie interloquée ne comprit pas ce qu'il se passait, jusqu'à ce qu'Adélaïde passe ses mains autour de sa taille et les descende sur son fessier.

— Si vous voulez mon silence et garder votre place… on va rétablir les comptes et on sera quitte. Je ne vais pas me venger en baisant votre mec, je vais me venger en me faisant baiser par vous. D'accord ?
Corie la regarda en faisant les yeux ronds, une pointe de surprise et de répugnance dans le regard. Mais elle n'eut pas le temps de saisir la portée de ce marché ni même de répondre que ses deux mains avaient déjà relevé sa robe et saisissaient ses fesses. Puis Adélaïde lui fit des baisers dans le cou tout en passant sa main droite sur son buste pour lui presser un sein à travers la robe.

— Alors ? On a un deal ? lui souffla-t-elle à l'oreille.
Corie les yeux encore rouges dut prendre rapidement le temps de peser le pour et le contre. C'était ou ça, ou sa vie était finie. Car elle la lui pourrirait, c'était certain. En montrant la vidéo, en la virant ou l'expédiant en enfer, et en

faisant certainement encore bien pire… Corie était acculée, dos au mur.

— D'accord madame, lâcha-t-elle à contrecœur, écœurée. J'accepte.

— Parfait.

Adélaïde la saisit au visage et l'embrassa langoureusement, glissant sa langue dans sa bouche d'une façon des plus agressives et explicite. Corie se laissa faire, accepta sans rechigner malgré son dégoût, et fit sa part, jouant avec la sienne, caressant ses cheveux… Puis Adélaïde la tenant toujours par le visage, l'amena à s'agenouiller et assise sur le bureau, passa ses jambes par-dessus ses épaules. La maintenant par la tête, elle força Corie mal à l'aise mais docile à lui faire un cunnilingus, la coinçant entre ses cuisses assez longtemps pour qu'elle ait un premier orgasme sous les coups de langue et les titillements de son clitoris. Puis elle la releva et la pencha sur le bureau pour lui manger elle la chatte. Devenue vulgaire, Adélaïde le lui annonça comme tel avant de s'atteler à sa tâche, forte de son expérience. Elle annonça à Corie de ne pas retenir ses cris, son bureau étant insonorisé, et se complut euphorique d'entendre ses hurlements de satisfactions malgré son hétérosexualité. Corie, cette cochonne, trompant une seconde fois son copain, cette fois-ci pour couvrir la première, acceptant de coucher avec une femme pour préserver son secret. Corie, peu farouche se pelotant les seins alors que sa patronne lui bouffait l'entrejambe. Dieu qu'Adélaïde et elle prenaient leur pied. Elles se lâchaient. Corie pour sa place et parce que submergée par le plaisir, elle ne trouva pas cela aussi désagréable qu'elle ne l'aurait pensé, et Adélaïde parce qu'elle avait obtenu ce qu'elle voulait et se tapait la bombasse en toute impunité.

Les hostilités continuèrent de plus belle. L'ancienne Reine défit la fermeture éclair de sa robe et abaissa le tissu sur ses épaules et son ventre. Les seins de Corie alors nus, assez gros et bien fermes, elle les lécha avec délice et prit plaisir à mordiller ses tétons tout en la masturbant. Puis elle enleva ses propres vêtements pour que la jeune assistante lui en fasse de même, lui portant ses mamelons à la bouche. S'allongeant sur la moquette, elle lui demanda ensuite de frotter son sexe contre le sien et de lui faire l'amour comme si elle était son copain. Corie s'exécuta et se plia à ses exigences, l'embrassant avec passion, lui léchant les seins, lui mordillant encore les tétons, lui aspirant les lèvres et lui suçant l'oreille, puis, après qu'elles aient eu un orgasme conjoint à force de frottement, en la masturbant encore et encore, jusqu'à ce qu'une demie heure plus tard, Adélaïde ne fut enfin rassasiée.

Sa place assurée et son secret bien gardé, Corie se releva alors, se rhabilla, réajusta sa coupe de cheveux, et l'odeur et la salive de sa patronne partout sur le corps, son goût dans la bouche et son sexe encore humide, elle partit livrer ses dossiers et rattraper son retard. Personne ne se douta de rien, c'était leur secret. Mais tout au long de la journée, tout en travaillant, en répondant au téléphone et en courant à droite à gauche pour dispatcher des documents, la jeune blonde ne put s'empêcher d'y repenser et de repasser machinalement plusieurs fois ses doigts sous sa robe pour essayer de calmer sa frustration et s'essuyer. Elle s'était sentie violée, abusée, fut répugnée de devoir coucher avec sa cheffe pour garder sa place, mais elle n'arrêtait pas d'y repenser, de revouloir du sexe, d'avoir envie. Elle ne trouva la paix qu'en rentrant chez elle et en suppliant son compagnon de la prendre sans ménagement.

Adélaïde rhabillée et réinstallée à son bureau, savoura, elle simplement d'avoir passé une bonne fin de matinée. Puis elle travailla d'arrache-pied toute l'après-midi pour boucler tout ce qu'elle avait à faire afin de pouvoir retourner auprès de Chloé.

## XX

Phileas était installé à son bureau, lisant des rapports secrets du *Service*. Plongé dans les documents, il dessinait des plans dans sa tête, visualisant des faits pour les replacer dans leurs contextes et extrapoler des lignes de conduite pour définir des profils comportementaux. Il était ainsi perdu dans son monde, travaillant avec passion mais dans une autarcie environnementale presque complète quand on frappa violemment à la porte pour le sortir de sa torpeur.

— Oui ? Entrez, répondit-il immédiatement en se ressaisissant.

La porte s'ouvrit sur Eugénie, qui passa timidement la tête dans l'entrebâillement.

— Phileas, désolée mais tu ne répondais pas.

— Ce n'est rien. Que puis-je pour...

L'homme du club ne termina pas sa phrase. Il comprit tout de suite à son visage grave que quelque chose n'allait pas.

— Qui ? demanda-t-il paniqué en se levant.

— C'est Mélisande...

Phileas quitta son bureau en trombe sans demander plus d'explications et suivit Eugénie. S'enfonçant dans le labyrinthe, il parcourut le dédale sur ses talons pour arriver jusqu'à l'endroit où s'était isolée sa Reine. Effaré, paniqué, il la vit alors et se précipita à son chevet. Recroquevillée sur elle dans un coin, nue, elle était prostrée, tétanisée, les yeux rouges et tremblante. Phileas lui réchauffa hâtivement les bras et lui fit un examen préliminaire. Il vérifia la réponse visuelle, chercha d'où provenait le sang, s'assura de son état...

— Mélisande ? Mélisande ? l'interrogea-t-il.

La jeune femme ne répondit pas.

— Va chercher des vêtements dans sa loge, pas de sous-vêtements, juste une robe si elle en a une de rechange, demanda-t-il alors à Eugénie.

Celle-ci s'exécuta rapidement et Phileas tenta encore d'obtenir une réponse de la part de la jeune femme. Elle ne sembla toutefois même pas l'entendre, sous le choc.

Eugénie réapparut avec une robe cache-cœur.

— Merci.

Le maître des Reines la lui passa délicatement. Puis la prenant dans ses bras, il la souleva. Sous le regard apeuré d'Eugénie qui resta muette, il l'amena ensuite hâtivement jusqu'à un passage secret que lui seul connaissait.

— Va voir Alfred, dis-lui ce qu'il s'est passé et de passer en code un, il saura quoi faire. Puis rentre chez toi, je t'appellerai quand j'en saurai plus.

Eugénie hocha de la tête toujours aussi affolée. Phileas activant le passage secret, il se rendit alors à sa voiture. Emmenant Mélisande loin du club, il la conduisit chez le docteur Lagarde, un de ses amis. Là, l'aidant, ils lavèrent rapidement le sang, l'alcool et le sperme, puis une fois propre ils lui passèrent une chemise d'opérée sur le corps. Après avoir constaté ses blessures, ils lui administrèrent ensuite des soins, l'anesthésièrent localement, la recousirent, s'assurèrent de sa santé en lui injectant des antibiotiques, lui firent une prise de sang, la placèrent sous perfusions, et tentèrent enfin de réengager le dialogue. Mais renfermée sur elle-même, Mélisande ne réagit toujours pas, elle resta hermétique à tout stimulus extérieur. Phileas tenta de lui parler, de lui signifier qu'ils étaient là pour l'écouter, pour s'occuper d'elle, qu'elle n'avait plus rien à craindre, mais elle ne quitta pas son mutisme. Elle était consciente mais totalement muette. Il resta ainsi trois heures à son chevet à essayer d'établir un lien sans succès. Décidant de réessayer plus tard, le docteur Lagarde lui administra un sédatif pour qu'elle dorme et se repose.

— Retournes-y, déclara-t-il, je vais m'occuper d'elle et appeler une amie psychologue. Elle a besoin de repos et de temps.

— Je...

Phileas acquiesça à contrecœur. Faisant un bisou sur le front de Mélisande, il la laissa entre les mains de gens plus à même de l'aider. Il espérait que quelqu'un réussirait à la sauver, à la soigner. Furieux, il retourna au Club des Damnés.


Dès son retour, Phileas convoqua les Reines divines dans son bureau. Les faisant s'installer, il attendit qu'elles soient toutes assises pour refermer la porte avec virulence.

— Ça ne va pas ? s'étonna Jean.

Phileas s'installa de son côté du bureau et la regarda d'un œil noir.

— Non Jean, ça ne va pas, répondit-il sèchement.

— Qu'est-ce qui se passe ? demanda inquiète Ambre.

— Je vais fermer cette foutue salle des Dieux, et je ne veux plus jamais en entendre parler, commença Phileas.

— Quoi ? Mais pourquoi ? l'interrogea Jean.

— Il s'est passé quoi ? ne comprit pas Alice.

— Tu n'as pas le droit, cela fonctionne très bien, reprit Pâris, tout se passe très bien.

— Ah ouais Pâris ? Tu es sûre ?

— Attends, s'exclama-celle-ci, c'est Mélisande qui s'est plainte ? C'est pour ça qu'elle n'est pas là ? Parce qu'elle trouve qu'on n'est pas assez noble pour elle ?

— Calme-toi, demanda Crystal.

— Non je ne vais pas me calmer, si elle a déblatéré sur moi je vais lui en coller une à celle-là.

Phileas les regarda tour à tour, en tâchant de garder son calme. Il bouillait intérieurement, il était dans une rage folle. Mais il ne voulait pas que cela sorte de ce bureau, il serait entendu s'il criait, et il ne voulait pas ça. Cela nuirait au Club des Damnés. Mais il était le maître ici, du haut de ses vingt-et-un ans il était peut-être plus jeune qu'une partie de ses Reines, mais c'était lui qui dirigeait. Et il allait le leur faire comprendre.

— Mais Phil, je ne comprends pas, s'étonna encore Jean. Tout s'est très bien passé hier, tout comme les autres fois. On contrôlait la situation.

Phileas regarda son amie avec colère.

— Tout s'est très bien passé ? Tu peux me répéter ça ?

Jean le regarda avec frayeur. Il ne l'avait jamais regardée ni traitée comme ça. Il lui accordait une confiance aveugle du fait de leur lien. Ils se considéraient comme frères et sœurs. Jamais, non jamais il ne lui avait parlé comme ça ni même lancé un tel regard.

— De ce que je sais, il n'y a eu aucun inci...

Phileas frappa énergétiquement du poing sur le bureau, effrayant et faisant sursauter chacune des Reines présentes.

— Vous êtes pathétiques, annonça-t-il en se redressant pour leur faire face et les toiser de haut. Vous êtes toutes pathétiques et répugnantes. Déjà, qui a introduit de la drogue dans la salle ?

Les Reines se regardèrent mal à l'aise et baissèrent les yeux.

— Qui ? vociféra encore Phileas.

— C'est moi, annonça Ambre en levant timidement la main, gênée. C'est moi.

L'homme du club la regarda avec colère.

— Tu pensais que je ne le remarquerais pas ? Que parce que je ne vous sollicite pas, je ne sais pas ce qui se passe ici ? Tu te penses peut-être plus maligne que moi ?

— Non, non, commença-t-elle à se justifier timidement, je voulais juste...

— Ce que tu veux je m'en moque Ambre ! Tu es ici chez moi, et chez moi pas de drogue !

Phileas la fusilla des yeux avec rage puis observa ses consœurs.

— Qui d'autre était au courant ?

Il les regarda tour à tour pour voir leurs réponses. Alice puis Pâris levèrent honteusement leurs mains.

Phileas se réinstalla dans son siège.

— Je ferme cette salle, annonça-t-il. Je ne vous vire pas, je ne vous rejette pas, mais je vous mets en garde et vous retire un mois de salaire à chacune. C'est non négociable.

— Quoi ? s'indignèrent les filles.

— Tu n'as pas le droit ! Ce n'est pas dans notre contrat ! s'exclama Alice.

— Et si l'une de vous a encore l'audace de dire que tout était sous contrôle ou que tout s'est bien passé, je peux vous faire voir ce qu'il arrive quand moi je me lâche. C'est inadmissible.

— Phil, je suis désolée, parla Jean au nom d'elles toutes, mais je ne vois pas ce qui ne va pas et pourquoi tu t'emportes. Okay Ambre a introduit de la drogue ici, mais même si cela te déplaît, sois juste, ne nous blâme pas toutes.

Et hormis que Mélisande ne se sente pas de faire partie des Reines divines, ce qui me déçoit, tu ne peux pas condamner la salle des Dieux pour…

Phileas l'interrompit avec virulence en se redressant.

— C'EST INADMISSIBLE DE TA PART JEAN ! VOUS ÉTIEZ TOUTES TELLEMENT SAOULES ET VOUS AVIEZ TELLEMENT ENIVRÉ ET EXCITÉ LES MEMBRES QU'AUCUNE DE VOUS N'A REMARQUÉ QUE MÉLISANDE DISAIT NON ! QU'ELLE SUPPLIAIT POUR QU'ON LA LIBÈRE !

Il leur cria dessus avec rage. Il était furieux et cela s'entendait.

— Quoi ? s'horrifièrent Pâris et Jean alors que leurs consœurs firent des yeux ronds de stupeur.

Phileas pouffa de sarcasme.

— Et vous n'avez même pas remarqué qu'elle n'était plus là au réveil. Qu'elle avait fui ! Vous êtes minables ! Vous êtes des merdes, de vraies salopes… et pendant que vous vous plainiez que votre amie vous a balancées et que vous ne pourrez plus vous faire baisées, Mélisande est dans un lit d'hôpital avec une déchirure vaginale de sept centimètres, des bleus partout et un traumatisme à vie.

— Je, je…

Jean avait les larmes aux yeux et tenta de dire quelque chose.

— Elle… la musique était très forte et on s'amusait, on n'a pas remarqué. Sinon tu sais bien que…

Phileas les regarda avec l'œil le plus noir qu'il pouvait faire.

— Eh bien pendant que vous vous amusiez comme des petites folles, Mélisande se faisait violer. Sept femmes, vingt hommes, aucune retenue. Tu as voulu cette salle, je te laisse calculer combien de membres lui sont passés dessus.

— Je...

En larmes, les Reines ne dirent plus rien. Elles se turent définitivement. Elles n'avaient pas réalisé, elles n'avaient pas compris...

Phileas les regarda tour à tour.

— Sortez, par le labyrinthe, je ne veux plus vous voir. Toutes. Allez voir Alfred, il vous expliquera la procédure du bannissement.

— Du bannissement ? demanda en pleurs Crystal.

— Je ne veux plus vous voir avant une semaine, même toi Jean. Si l'une de vous décide de partir du club, je l'y invite, sinon revenez et faites-vous petites. Mais soyez en sûres, si quelqu'un part plutôt que de revenir ici chaque jour affronter ses démons, affronter Mélisande, je m'arrangerai pour détruire sa vie au moins aussi douloureusement que vous avez détruit la sienne.

# XXI

Phileas revenu en ville se rendit au Club. Fatigué il voulait rentrer voir Adélaïde et Chloé, mais il tenait d'abord à discuter avec Mélisande, pour s'assurer qu'elle allait bien. Parcourant la cathédrale à sa recherche, se renseignant auprès des Cavaliers restés pour la protéger, il la trouva dans la bibliothèque. Assise dans un fauteuil, installée dans une tour, elle lisait un livre, une bouteille à moitié vide de vodka à côté d'elle. Certainement déjà saoule, elle avait les cheveux attachés et portait ses vêtements civils.

— Hey, lui fit-il bonjour.

— Hey, ça va ? répondit-elle en relevant la tête.

— Moi oui, et toi miss ?

Phileas s'assit en face d'elle et la regarda avec compassion.

— Bien, je vais bien, j'en ai marre d'être coincée ici, je deviens folle à vivre seule avec quatre Cavaliers, j'ai l'impression d'avoir pris dix ans et la solitude et la mélancolie de voir du monde ou les autres me rendent dingue mais je vais bien. Enfin je suis vivante, ironisa-t-elle.

L'homme du club hocha de la tête et but une gorgée à la bouteille de son amie.

— Tu veux une pipe ?

Phileas recracha sa gorgée, choqué.

— Ouah, tant que ça ? Je suis si répugnante ?

Il regarda Mélisande avec étonnement et réalisa qu'elle était encore plus ivre qu'il ne le pensait.

— Ce ne serait pas de refus, mais je préférerais avoir l'aval d'Adélaïde, et surtout je ne suis pas sûr que tu le veuilles vraiment.

— Si tu veux, je peux avaler aussi, rétorqua la Reine.

Phileas sourit. Elle n'avait visiblement pas très bien compris sa phrase.

— Tu te sens comment ?

— Boaf…

Tirant sa chaise, conscient de sa détresse, il s'installa à côté d'elle et la regarda d'un air paternel.

— Je me souviens de ta timidité quand tu es arrivée, de cette pudeur qui te caractérisait. C'est pour ça que je t'avais choisie.

— Parce que j'étais la seule qui ne se voyait pas au Club des Damnés ? ironisa-t-elle encore.

— Parce que tu étais la seule qui ne te laisserait pas entraîner. Du moins je le pensais.

Mélisande but une gorgée de son alcool.

— Et pourtant…

Phileas lui caressa affectueusement la joue. Il la regarda dans le blanc des yeux.

— Tu étais une jeune femme magnifique, et tu l'es toujours… mais je regrette qu'à cause de ma négligence tu aies perdu ton innocence.

Mélisande le regarda avec une pointe de colère. Elle sembla soudain pour la première fois depuis des années lui témoigner de la rancœur.

— Ils m'ont violé à six, c'est un peu tard pour ça.

Phileas baissa les yeux, triste, honteux.

— Tu n'y étais pour rien, reprit-elle toutefois, je me suis laissé convaincre de rejoindre la salle des Dieux en écoutant Ambre. Et ils m'ont dépucelée alors que je n'avais que dix-neuf ans. J'ai peut-être fini par dire oui, par me laisser faire, je ne me souviens plus, mais c'était un viol au début.

— Je n'ai jamais rien eu contre Ambre, mais je me suis toujours demandé si elle n'avait pas fomenté son coup, avoua Phileas.

— Je le pensais aussi au début, approuva Mélisande en s'affalant plus confortablement dans son siège. Je me disais qu'elle m'avait choisie pour m'offrir en pâture. La petite vierge qu'elle sacrifiait aux Dieux.

Phileas hocha la tête.

— Mais elle s'était juste elle aussi laissée portée par la salle des Dieux. Je l'ai compris quand elle a pleuré dans ton bureau… Avec le recul je n'en ai plus voulu à personne, la salle des Dieux avait été imaginée pour ça.

— J'en porte tout de même la responsabilité.

— Personne ne la porte Phileas. Tu avais eu l'idée de cette salle, on l'a approuvée et rejointe, et les membres y allaient pour contenter leurs fantasmes. Personne n'est plus responsable qu'un autre. Tout le monde s'est laissé entraîner, il n'y avait pas de responsable. Même pas ces six connards.

— Mais une jeune fille vierge et doutant d'elle-même n'avait rien à y faire, annonça Phileas.

— Et pourtant je suis même resté au Club des Damnés quelques années après l'incident, et après sept ans d'absence je suis revenue. Alors bon.

Phileas souffla. Il se sentait quand même responsable.

— De toute façon l'eau a coulé sous les ponts depuis, clôtura-t-elle, je suis restée en bons termes avec tout le monde et je ne leur en ai pas voulu. Il fallait bien que je perde mon pucelage. Et puis j'ai fini par aimer… et je n'ai même plus de cicatrice.

— Mouais, ce n'est pas ça qui me fera me sentir mieux chaque fois que j'y pense.

— C'est un jeu dangereux d'être Reine, on le savait toutes…

Elle avala une longue gorgée de sa vodka et s'essuya la bouche du revers de la main.

— Tu ne diras pas à Adélaïde que j'ai proposé de te sucer hein ? Je n'ai pas envie qu'elle le prenne mal et qu'elle me déteste.

— T'inquiètes, je ne lui dirai rien, sois rassurée, déclara Phileas.

— Non mais vraiment. J'ai envie de te sucer mais je n'ai pas envie qu'elle m'en veuille.

Phileas lui caressa les cheveux et sourit.

— Quand toute cette histoire sera finie, si tu veux tu pourras venir me voir dans mon bureau, plaisanta-t-il.

— Si je ne suis pas morte.

— Ne dis pas ça...

— Arrête, avec Pâris on est les prochaines sur la liste.

Mélisande avala goulument cinq ou six gorgées de vodka puis s'agenouilla sur un coup de tête devant Phileas.

— Que... ?

— Si je dois bientôt mourir, je veux t'avoir sucé avant, annonça-t-elle.

Sans lui laisser le temps de répondre, elle déboutonna son jeans et sortit son sexe de son boxer. Puis soulagée qu'il ne la repousse pas, elle le mit en bouche.

— Tu sais que tu ne devrais pas ?

— Chut, je suis ivre, demain je n'aurai plus le courage de refaire ça. Accorde-moi ça.

Phileas trouvait que ce n'était pas le moment idéal pour elle de faire cela mais le lui concéda. La suçotant avec délice, savourant de la sentir grossir, Mélisande lui prodigua donc une fellation toute en douceur et toute en délicatesse. Tendre, appliquée, lente, elle fut pour Phileas apaisante et incroyablement relaxante. Puis il retira la polaire de sa Reine pour la découvrir un peu. Elle le laissa faire et revint vers son sexe. Il lui enleva alors son tee-shirt pour lui peloter les seins. Mélisande se redressa pour lui laisser le champ libre. Bien installée entre ses jambes, elle continua bien entendu son affaire jusqu'à son éjaculation. Surprise quand elle sentit son sperme en bouche, elle resta toutefois fidèle à sa promesse et avala. Puis elle la lui lécha pour la nettoyer.

— Merci, cela m'a fait du bien, j'en avais besoin, avoua Phileas.

— De rien, ce fut un plaisir.

Il lui sourit.

— Au fait, tu as des news d'Eugénie ? demanda-t-elle en redressant la tête pour changer de sujet une fois son nettoyage terminé.

— Non, pourquoi ? s'étonna-t-il.

— Elle ne m'a pas donné de nouvelles aujourd'hui.

Phileas fronça un sourcil.

— Cela ne lui ressemble pas de ne pas donner de nouvelles, constata-t-il.

— Bah ce n'est sûrement rien, mais avec ce tueur de Reines dehors, je ne suis pas rassurée, parla Mélisande.

Elle se releva et renfila son tee-shirt puis sa polaire. L'homme du club s'inquiéta. Et soudain il réalisa. Il avait malgré tout une mémoire excellente et repassa la période d'existence de la salle des Dieux. Il connaissait la liste complète des Reines qui en furent les régentes et les resitua dans le temps, par leurs périodes de présence. Mais il y avait un trou, un trou horrible dans ses informations, et il avait peur d'avoir commis une erreur.

— Mélisande, la semaine où je suis parti en Allemagne début 2000, tu sais ce que faisait Eugénie au Club ? lui demanda-t-il.

La Reine pouffa.

— Comment tu veux que je me souvienne, ça fait plus de quatorze ans !

Phileas se leva devant elle, cette fois très apeuré.

— C'est très important ! Dis-moi, tu te souviens si elle t'a remplacée à la salle des Dieux ?

Mélisande sembla toujours perturbée par l'alcool et eut du mal à réfléchir. Mais elle tenta de se remémorer la période en question.

— Euh, je ne sais pas… je ne crois pas… j'ai décidé de ne plus y aller quelque temps, et… oh, mon Dieu, oui elle y était !

Phileas partit d'un bon.

# XXII


Phileas ouvrit la porte de l'appartement d'Eugénie à la volée et y entra. Mais il n'eut plus besoin de se presser. Amer, triste, abattu, il la regarda étendue dans la chambre face à lui. Allongée sur le dos sur son lit, les yeux ouverts, la tête tombant dans le vide, elle était inexpressive, morte seule et dans l'ignorance de ses proches. Phileas s'avança vers elle et s'installant au bord du lit, lui caressa le visage. Eugénie était une de ses plus proches Reines. Il la considérait comme une amie dans le privé. Elle était d'une compagnie agréable, elle était intelligente, instruite, et il l'appréciait vraiment. Revenue presque en même temps que Mélisande, elle était l'une des plus anciennes, l'une des plus douces, respectueuses et délicates Reine qu'il n'ait jamais engagées, mais aussi l'une des femmes les plus exceptionnelles qu'il ait eu l'occasion de rencontrer. En lingerie de dentelle bleue, sa couleur préférée, elle semblait presque sereine. Phileas les yeux rouges fut triste d'être arrivé trop tard pour elle. Il regarda ses blessures. Son abdomen était percé de trois entrées de lame. Sa mort avait été lente et douloureuse. Mais elle n'avait même pas pleuré. Elle avait su garder son visage noble et délicat, celui de la femme qu'il connaissait, toujours gentille, toujours tendre. Phileas voulut recouvrir sa blessure avec le drap, mais pensa aux indices. À contrecœur il la laissa ainsi dévêtue et mise à nue dans sa mort, son sang baignant son lit de sa propre défaite. Il n'avait pas pensé à elle, Phileas n'avait pas pensé à Eugénie. Il n'avait pas pensé au fait qu'il avait été absent une fois à l'époque.

Des bruits de pas se firent entendre. Relevant les yeux, il vit Mélisande mains sur la bouche dans l'entrée suivie de peu par Hector. Elle avait dû lui demander de l'amener ici. Se levant, Phileas se rendit auprès de la jeune femme. Fondant en larmes en voyant le corps de sa meilleure amie, Mélisande se blottit dans ses bras et pleura en silence. Meurtrie par sa perte, elle repensa à toutes les fois où son amie avait été là pour elle, pour la soutenir, pour l'aider. Eugénie était sa meilleure amie, sa sœur de cœur, celle qui vivait à ses côtés depuis maintenant plus de vingt ans.

Phileas la garda dans ses bras durant plus de dix minutes, la réconfortant encore, tâchant d'être là pour elle. Puis il demanda à Hector de la ramener chez eux. Prévenant Adélaïde une fois qu'ils furent partis, il annonça la nouvelle et tout en restant en ligne, il se rendit à la salle de bain. C'était discret mais il avait remarqué que le combat s'était déplacé dans la salle d'eau, où il retrouva l'agent Ramirez en charge de sa protection. Assis mort dans un coin contre le mur, il avait été tué d'une balle en pleine cage thoracique. Son arme avait disparu. Du doigt il avait écrit *« femme, châtain clair »* sur le sol et dans son propre sang.

# XXIII

Pâris rentra chez elle. Revenue de son voyage en Irlande, la jeune femme ôta son casque audio, posa son sac de voyage au sol et jeta ses clés sur l'étagère de la bibliothèque. Elle ouvrit ensuite la fenêtre du coin cuisine pour laisser rentrer Mistigri, son petit chat. Nourri par la voisine, il avait dû ressortir et elle s'était refermée. Pâris le caressa, heureuse de le revoir, et lui servit un bol de lait. La petite bête miaulant, elle se satisfit de la retrouver puis regarda dans le réfrigérateur pour trouver de quoi boire.
L'assassin entra dans la pièce. S'avançant en sortant de la chambre, elle marcha posément vers Pâris en tendant l'arme de l'agent Ramirez. Pâris se releva une bouteille de limonade à la main et la vit en se retournant. La meurtrière lui tira dans le flanc. Le coup de feu résonna dans l'appartement d'un bruit sourd et Pâris choquée regarda son ventre en tremblant. Du sang apparut sur son pull, marquant l'emplacement de l'entrée de la balle. Elle lâcha la limonade. Puis la femme vêtue de noire s'avança plus encore vers elle et visa à bout portant sa tête du canon. Mais Pâris se reprit et sortit de sa torpeur. Elle eut le réflexe de saisir le vase sur le bar et lui fracassa sur la tête. Shootant du pied dans l'arme quand elle tomba au sol, elle l'envoya valser sous le canapé et partit s'enfermer dans la chambre. Saisissant le rouleau de chatterton dans la malle sous son lit, malgré la douleur elle se scotcha alors le ventre pour

stopper l'hémorragie. Son agresseur essayant de forcer pour entrer dans la pièce, fuyant son appartement, la Reine passa dehors sur le balcon pour ensuite redescendre par l'échelle de secours. Mais elle la rattrapa tout de même. La tenant au mollet elle la bloqua et sans se soucier de ses cris qui pourraient alerter les voisins, elle appuya sur le scotch pour lui faire mal. Pâris hurla de douleur, sentant la balle dans sa chair déchirée. Elle tenta de se débattre mais sans résultats, malgré sa force son assaillante était plus puissante. L'inconnue la saisit au visage et avec une violence impressionnante, lui tapa la tête sur la rambarde. Pâris ne cria plus, étourdie, le crâne ensanglanté. L'assassin la reprit par la jambe et la tira alors dans l'appartement par la baie vitrée du salon. Fermant derrière elles, elle sortit son couteau et planta Pâris dans l'aorte. Les yeux hagards, celle-ci se vida de son sang allongée sur le sol en se tenant le cou. Elle mourut lentement en perdant connaissance.

# XXIV

Hector ramena Mélisande chez Adélaïde et Phileas. Garant la Mercedes devant l'allée, il désigna leur maison du doigt.

— C'est ici qu'ils vivent ? demanda Mélisande.

— Oui, répondit Hector. Ici tu seras tout aussi en sécurité qu'au club. Mais tu te sentiras moins seule.

— On n'est en sécurité nulle part, surtout pas au club, annonça amère la jeune femme. S'il n'existait pas, il n'y aurait jamais eu tous ces morts.

Hector coupa le contact.

— Non, il y en aurait eu plus. Le club a aidé beaucoup de gens. Plus de quinze Reines étaient à la rue ou exploitées quand Phileas les a recrutées, et presque tous les Cavaliers moi compris étions SDF. Il a aussi permis de sauver des dizaines de personnes en nous faisant obtenir des informations vitales de la part de personnalités hautes placées et dangereuses.

Mélisande regarda la maison de ses amis, mitigée.

— Tu penses parfois à George et Édouard ? demanda-t-elle.

— Oui, et à Jean, et aux autres perdus. Ils me manquent tous. Mais tu sais, ce n'est ni Phileas ni le club qui ont commis ces crimes.

— Oui je le sais. Phileas essaye de les stopper et parfois tous ces monstres lui rendent la pareille... Mais tant que la personne qui a tué nos amies n'est pas arrêtée, j'ai juste du mal à mettre un visage qui ne soit pas le nôtre sur notre ennemi.

Hector approuva de la tête et sortit de la voiture. Mélisande décrocha sa ceinture de sécurité et en fit de même.

— Je suis désolé pour Eugénie, je l'adorai aussi, reprit le Cavalier avec sincérité. On a tous commis notre part d'erreur dans cette affaire.

Mélisande le regarda avec amertume.

— Elle est morte, et seule, parce que je n'ai pas voulu aller à la salle des Dieux un soir il y a quatorze ans. Elle m'a remplacée à ce moment-là pour voir ce que c'était et pour me rendre service. Oui on a tous notre part de monstruosité là-dedans, et on devra tous vivre avec. Mais je souhaite que Phileas trouve cette personne et lui fasse vivre un enfer. J'arriverai mieux à vivre avec quand elle aura payé son dû.

Hector approuva une nouvelle fois de la tête et verrouillant la voiture, avança vers le portail du jardin. L'ouvrant il l'invita à entrer. Hésitante, Mélisande prit une grande inspiration et s'engagea dans l'allée.

Adélaïde ouvrit la porte d'entrée et sortit accueillir son amie. La prenant dans ses bras elle la serra contre elle avec sollicitude.

— Je suis désolée, je ne sais quoi dire, je sais à quel point elle comptait pour toi.

— Merci, répondit la jeune femme.

Elles se tinrent dans les bras l'une de l'autre chaleureusement, puis Mélisande se dégagea.

— Tu pleures ? demanda-t-elle à Adélaïde.

— Je... c'était mon amie aussi tu sais, j'adorais Eugénie, comme toi et les autres.

Adélaïde essuya ses yeux rouges et l'invita à entrer.

— Viens boire un coup Hector, proposa-t-elle également au Cavalier.

— Oui, volontiers.

Ils entrèrent à l'intérieur et la jeune femme refermant derrière eux, elle leur présenta Bella.

— Bella, une amie agente du *Service*, voici Mélisande et Hector. Reine et Cavalier.

— Enchantée, s'exclama la demoiselle.

— De même, firent les deux arrivants en lui faisant la bise et en lui serrant la main.

— Chloé ? Tu viens ? demanda Adélaïde.

Mélisande haussa les sourcils en entendant ce nom et se surprit de voir qu'il s'agissait bien de leur amie qui descendait l'escalier. Le bras plâtré et en écharpe, elle avait elle aussi les yeux rouges d'avoir pleuré.

— Bon Dieu, s'exclama Hector, tu vas bien ? l'interrogea-t-il en la regardant et en lui faisant la bise.

— Oui, j'essaye...

Mélisande regarda son amie effarée.

— Qu'est-ce qui s'est passé ?

Chloé se présenta à elle et la prit dans ses bras.

— Je suis désolée, si tu savais, s'exclama-t-elle.

— Qu'est-ce que... ?

Chloé fondit en larmes.

— Je suis tellement désolée d'avoir survécu mais pas Eugénie, si tu savais...

En entendant ces mots, Mélisande pleura de nouveau. Pas d'apprendre que Chloé avait survécu alors qu'Eugénie non comme le pensait la jeune blonde, mais de la voir dans cet état et de réaliser qu'elle avait failli mourir dans d'atroces souffrances. Ce qu'elle avait dû traverser, à quel point leur ennemi était implacable, cela la fit fondre en larmes.

— Mon Dieu, Chloé, pourquoi ? Comment ? Tu n'étais pas une Reine divine, mon Dieu c'est horrible ! sanglota-t-elle.

Les deux jeunes femmes pleurèrent ensemble. Devant ce spectacle, Adélaïde se retint elle de fondre en larmes et regarda Bella qui mal à l'aise cacha un peu ses cicatrices. Hector lui gardant son flegme décida en les regardant ainsi abattues d'agir en Cavalier, et fouilla dans les placards de la cuisine pour leur préparer à toutes un thé.

— Le thé est en haut, là, lui annonça Bella en lui désignant une porte.

— Parfait, merci mademoiselle, vous voulez bien me passer la théière ?

— Bien sûr.

Bella la lui passa.

— Vous en prendrez aussi ? lui demanda Hector.

— Oui, volontiers, fit-elle en sortant les petits gâteaux d'un autre placard.

Le Cavalier remplit la théière d'eau et la plaça sur le feu. Préparant les tasses, les petites cuillères et le sucre, il resta ainsi dans la cuisine et leur fit des tartines de pâte à tartiner et de confiture le temps qu'elles aillent mieux.

Chloé, reprenant son calme regarda alors Mélisande et lui raconta son calvaire.

— Je rentrais chez moi quand elle m'a agressée. Je sortais de ma douche et elle a essayé de me tuer. J'ai pris un coup de couteau dans le dos, au bras et à l'abdomen.

— Mais tu n'es pas Reine divine, s'exclama encore la jeune Reine.

— Non, mais Jean et moi vivions ensemble. Je n'ai jamais déménagé.

Abattue, Mélisande regarda son amie les yeux toujours aussi humides.

— Comment en as-tu réchappé ?

— Phileas, annonça Adélaïde. Il a eu un mauvais pressentiment.

Mélisande acquiesça amère.

— Comme pour Eugénie, mais c'était trop tard...

— Je...

— Non c'est bon Adélaïde, lui répondit la Reine en levant la main pour la stopper. Je ne le juge pas responsable, la vérité c'est que c'est moi, j'ai merdé.

Chloé et Adélaïde la regardèrent avec étonnement.

— Comment ça ?

— Elle ne répondait pas à mes messages, mais comme elle était protégée et qu'elle n'était pas divine je ne me suis pas plus inquiétée que ça. Quand j'en ai parlé à Phileas, c'était sûrement déjà trop tard.

Adélaïde prit son amie dans les bras.

— Tu n'as pas à t'en vouloir. Tu n'y es pas plus pour quelque chose que chacun et chacune d'entre nous.

— Qu'est devenu l'agent qui la surveillait ? Qu'a-t-il dit ? demanda Bella.

Curieuse en passant la tête dans le salon, elle avait interrompu sa conversation avec Hector pour tendre distraitement l'oreille. Elle se sentait de trop dans l'univers du Club et ne savait donc pas comment apporter son soutien, mais elle trouva étonnant qu'un agent du *Service* aguerri ne soit pas intervenu.

— Il...

— Il est mort, répondit Phileas en rentrant.

Regardant le maître des Reines arriver, Chloé, Adélaïde, Mélisande, Hector et Bella se turent. La nouvelle leur fit un choc.

— L'assassin l'a tuée dans l'appartement d'Eugénie et a subtilisé son arme, déclara-t-il en posant ses clés sur le bar, arme avec laquelle elle a ensuite tué l'agent Gordon et Pâris.

— Quoi ?

— Pâris est morte aussi ? s'effondra Mélisande.

Phileas regarda ses trois Reines présentes.

— Je suis désolé. Je suis allé à son appartement quand on me l'a confirmé. Elle est morte.

Bella vit ses amis sombrer en larmes et s'avança vers Chloé pour la prendre dans ses bras. Adélaïde en fit de même avec Mélisande. Le vieux Cavalier adossé au plan de travail dans la cuisine retira lui ses lunettes et s'essuya les yeux. Triste et déjà endeuillé Phileas ne put assister plus encore à ce spectacle et se dirigea vers l'escalier.

— Si on a besoin de moi, je suis dans la chambre.

Abattu, il monta à l'étage, retira ses chaussures, ses chaussettes et ses vêtements et en boxer, s'installa sous ses draps. Là, en position fœtale, il se mit à pleurer de tout son être. Il en avait besoin. Cette fois ça en était trop.

*

— Quand je l'ai rencontrée au Club, j'ai eu le béguin pour elle, avoua Adélaïde en buvant son thé. Elle était là, si sublime, si somptueuse... On a flirté quelques fois ensemble.

Hector la resservit en thé, en fit de même avec Bella puis se réinstalla.

— Je l'ai rencontrée quand un membre m'a sollicitée, se souvint Chloé. Il voulait qu'elle et moi nous fricotions pendant qu'il nous regardait. Elle m'a annoncé gentiment

qu'elle ne mordait pas et puis elle a commencé à me faire
un massage érotique et à m'embrasser. Pâris était quelqu'un
d'endiablé. Extravertie, sûre d'elle, élégante, divine... de
nous toutes c'était elle qui était l'une des plus inoubliables,
elle était très courtisée.

— La grande Reine noire, approuva Hector, celle qui vous
tient à jamais.

Mélisande but une gorgée de son thé et essuya ses yeux.

— Quand je suis arrivée au club, j'avais dix-huit ans,
révéla-t-elle. Eugénie était déjà là depuis un mois et demi et
m'avait proposé d'en faire partie. Je ne voulais pas, car
c'était contre mes principes. J'étais timide et je ne m'en
sentais pas capable. Mais elle avait réussi à me persuader de
rencontrer Phileas. Alors je suis venue. Il m'a fait faire le
tour et une fois fini il m'a dit qu'il me voulait pour une
chose, une seule. Parce que j'étais une fille timide, réservée
et fantastique. Il me voulait parce que j'étais celle qui lui
manquait, celle qui loin d'être de l'ivraie était la perle rare.
Puis il m'a parlé de Pâris. Il m'a dit qui elle était, à quel
point elle était merveilleuse, instruite, sexy et sollicitée. Il
était fier d'elle. J'ai demandé en quoi j'étais une perle rare
si une telle fille travaillait ici ? Il m'a répondu tout
simplement parce que Pâris est celle que tout le monde
demandait, mais qu'il voulait parmi ses Reines celle que
tout le monde finirait par aimer. Ça m'a touchée. C'était
celui qui te voyait passer en lingerie devant lui mais qui
regardait tes yeux et pas tes seins, c'était celui qui venait te
voir en te demandant comment tu allais plutôt qu'en te
demandant si tu voulais danser... Mais tout ça pour dire que
Pâris était fantastique. Elle était la bombe du Club, celle qui
faisait rêver les hommes, mais elle était l'un des piliers. Et
puis elle était la plus ancienne, le leader avant que Jean

n'arrive. Prudence et Mandarine ne venaient presque plus pour des raisons désormais légendaires et je n'ai jamais vu Iris.

— Iris ? demanda Adélaïde.

— Oui, fit Mélisande en rebuvant une gorgée de son breuvage. Iris est la première Reine qui ait existé. Elle était, paraît-il, sublime, la plus belle de toutes. Puis il y a eu Prudence et Mandarine. Elles étaient elles aussi de toute beauté. Mais pour des raisons obscures, elles ont fini par ne plus venir. Pâris et Phileas n'ont jamais trahi le secret, ils n'ont jamais voulu nous en dire plus sur elles. La légende veut qu'elles fussent uniquement de passages, des anges venus sur terre pour aider Phileas ou un truc du genre.
Les filles ricanèrent nerveusement.

— Sérieux ? C'est ça la légende ?

— Non, pas tout à fait, enfin je ne sais pas, elles étaient souvent désignées comme des créatures légendaires, et on n'en savait pas plus... Pas de traces, pas de portraits, juste des histoires...
Adélaïde acquiesça.

— Même à moi Phileas n'en dit pas plus, annonça-t-elle. Je n'ai aucun détail. Mais pour revenir sur Pâris, Jean, Chloé et elle étaient les modèles mes premières années au Club. Je l'ai rencontrée à mon retour de mon année sabbatique et elle m'avait vraiment subjuguée. Et Eugénie aussi. Toi je t'ai rencontrée pour la première fois dans le train quand j'étais enceinte, le jour de la mort de Prunelle, je ne sais pas si tu te souviens.

— Oui, se rappela Mélisande. Tu m'avais accusée du meurtre pour confondre l'assassin.

— Voilà. Ce jour-là j'ai aussi rencontré Eugénie. J'ai tout de suite eu envie de lui sauter dessus. Elle était si mignonne, si noble, j'avais l'impression de voir en elle la Reine type de l'âge d'or, la Reine inaccessible et divine à la fois, la fille parfaite...

La voix d'Adélaïde se tut et la conversation mourut ainsi. Tous le nez dans leurs tasses, ils étaient perdus dans leurs souvenirs, dans leurs moments passés avec leurs amies. Puis Mélisande se risqua à poser une question qui lui brûlait les lèvres.

— Vous êtes ensemble toutes les deux ? demanda-t-elle à Chloé et Adélaïde.

— Comment ça ? s'étonna Chloé.

Mélisande les regarda tour à tour.

— Avec Sublime, Caroline, Camilla et Eugénie on se posait la question... et je...

— Oui, répondit honnêtement Adélaïde. On ne va pas te mentir. Avec Chloé, Phileas et Bella, fit-elle en regardant sa collègue, on est amant. Ça s'est fait comme ça il y a quelques mois et depuis on se voit régulièrement.

Bella et Chloé regardèrent Mélisande et Hector mal à l'aise, s'attendant à être jugées presque.

— Ne me regardez pas comme ça, s'exclama toutefois le Cavalier, moi je le savais.

— Alfred ? suggéra Adélaïde.

— Bien entendu, il s'en doutait même si vous ne lui avez jamais dit.

La jeune femme le regarda avec une pointe de surprise.

— Pourtant on a fait attention, on ne voulait pas qu'il le sache, par peur qu'il ne le prenne mal, à cause de son âge, de notre mariage, tout ça...

— Oh, il n'a aucun souci avec ça, renchérit Hector en souriant. Il a aussi eu une vie tu sais, et ce n'est pas parce qu'on est vieux qu'on est coincés. Surtout quand on est le père de Phileas.

— Oui, j'imagine…

Chloé regarda Mélisande et l'interrogea du regard.

— Tu es déçue qu'on ne te l'ait pas dit ?

— Non, non, s'exclama-t-elle. Du tout, et si vous êtes heureuses ainsi c'est cool.

— Sublime savait pour Chloé et nous, annonça Adélaïde. Elle ne connaissait juste pas Bella.

— En même temps j'ai toujours été un peu à l'écart, répondit celle-ci, très en retrait. N'étant pas du Club, il est normal que vous ne parliez pas de moi.

— Oui, confirma Chloé, c'est vrai.

— Bien, fit Mélisande. En tout cas je comprends mieux certaines choses, et vous avez l'air bien ensemble, et Bella tu sembles être une fille fantastique, alors je vous souhaite tout le bonheur du monde.

— Merci…

La jeune femme termina son thé puis se leva.

— Est-ce qu'il y a un endroit où je peux dormir ? demanda-t-elle. Je me sens un peu épuisée, j'ai besoin de repos.

— Oui, annonça Adélaïde. Ou bien tu vas dans la chambre de Wanda en haut, la seconde porte à gauche, ou tu vas dans la chambre d'amis, la troisième à gauche. Sinon va dormir avec Phileas, la première porte à droite. Si tu ne veux pas dormir seule, tu peux y aller.

Mélisande acquiesça.

— Parfait, à tout à l'heure alors.

Leur faisant un signe de la main elle monta l'escalier et arrivée au premier étage, décida de dormir dans la chambre d'amis. Là elle enleva juste ses chaussures, ses chaussettes et son pantalon et se glissa dans le lit. Ne tenant plus,

206

rattrapée par sa peine elle pleura alors. Essayant de se retenir elle étouffa ses cris mais elle ne put résister. Eugénie était morte, Pâris était morte, Ambre, Alice, Psyché et Crystal l'étaient également... Elle était abattue. Mélisande se laissa aller à exprimer sa tristesse lorsque la porte s'ouvrit calmement. Se redressant elle vit Phileas en boxer dans l'encadrement. Refermant derrière lui il s'avança vers le lit et se glissa dans son dos sous les draps. La prenant dans ses bras, il la serra fortement contre lui.

— Je t'ai entendue pleurer, je me suis dit qu'il te fallait de la compagnie.

— Je suis désolée si je t'ai réveillé.

— Ce n'est pas grave, j'ai pleuré moi aussi.

— C'est juste que... je ne sais pas, j'aurai besoin d'un peu de réconfort là, c'est trop d'un coup pour moi à gérer.

Phileas approuva, connaissant le sentiment, et tandis qu'elle pleurait encore, il se permit de passer ses mains sous sa polaire et son tee-shirt pour les poser directement sur ses seins. Mélisande ne protesta pas, appréciant de se faire consoler de la sorte. Ne trouvant pas de refus, il la caressa plus explicitement et pinça ses tétons. La jeune femme désireuse d'un câlin se retourna alors dans le lit pour se coller contre lui. Timidement, lentement ils s'embrassèrent ensuite naturellement. Leur baiser se transformant en étreinte, il se mit sur elle et la regardant dans les yeux, il abaissa sa culotte et son boxer. Toujours en la fixant pour voir si elle acceptait ses gestes, il la pénétra. Discrètement, silencieusement ils firent alors l'amour.

# XXV

Mélisande se réveilla. Émergeant en douceur elle regarda distraitement autour d'elle. Encore hagarde, elle se demanda quel était ce lieu, pourquoi elle n'était pas dans sa chambre. Puis elle se souvint. Se redressant amère dans le lit, elle regarda par les fenêtres de la clinique, sa seule vue sur le monde. Il faisait beau dehors. On se serait dit au printemps tellement le paysage lui semblait radieux, ensoleillé et vert. Mais elle était coincée là, dans un lit blanc et dans une fraîcheur climatisée.

— Oh bonjour, s'exclama une voix.

Mélisande tourna la tête vers l'entrée de sa chambre. Une jeune infirmière venait d'arriver et se dirigeait vers elle.

— Vous avez bien dormi ? lui demanda-t-elle.

— Oui, merci, répondit poliment Mélisande.

La demoiselle regarda ses moniteurs et lisant des relevés dont elle ne comprenait rien, Mélisande s'attarda sur la table de chevet où trônaient un bouquet de fleurs et une boîte de chocolats.

— Qui a laissé ça ? s'étonna-t-elle.

— Le monsieur nommé Phileas, il passe régulièrement prendre de vos nouvelles.

— Oui je sais, je l'ai vu avant-hier.

Mélisande se renfonça dans son oreiller.

— Vous vous sentez mieux aujourd'hui ? l'interrogea l'infirmière.

— Oui, physiquement ça va mieux, j'ai moins mal. J'aimerais juste pouvoir me dégourdir les jambes.

— Vous reprenez des forces, c'est bien. Et je verrai avec le docteur pour que vous puissiez sortir un peu marcher.

La Reine acquiesça et regarda de nouveau à travers la fenêtre.

— On est quel jour ?

— On est le dix février. Vous êtes là depuis quinze jours.

— D'accord, merci.

L'infirmière vérifia encore deux trois autres choses puis ressortit en lui souhaitant une bonne journée. Mélisande la remercia et apprécia d'être laissée à sa solitude. Les yeux tristes, pensive, elle observa les arbres et les rares oiseaux volant ici et là. Du repos, des perfusions, des prises de sang, des examens, elle n'avait le droit qu'à ça ici. Eux étaient libres, et elle non, elle était coincée, alitée pour encore un temps indéterminé.

La jeune Reine ne voulut pas manger et alluma la télévision pour passer le temps. L'après-midi défilant ainsi au fil des émissions, elle reçut la visite du docteur Lagarde qui contrôla l'avancée de sa guérison, et des Cavaliers Alfred et George qui vinrent prendre de ses nouvelles et lui apporter ses livres préférés de la bibliothèque du Club des Damnés. Mélisande se montra cordiale avec tous, mais le cœur n'y fut pas. Elle essayait de ne pas repenser à cette nuit cauchemardesque, à l'enfer qu'elle avait vécu, essayant un maximum de réfléchir à autre chose, mais leur présence la lui rappelait sans cesse et elle ne désirait qu'une chose, sortir d'ici pour rentrer chez elle et revivre sa vie. Seule Eugénie lui apporta un peu de réconfort en venant. À défaut de voir sa famille, qu'elle-même ne voulait pas mêler à tout ça, elle était son soutien, son rock, celle qui l'aidait à tenir bon dans cet horrible moment d'adversité. Elle était d'ailleurs avec elle quand Lagarde l'emmena faire un tour avec un déambulateur pour qu'elle marche sans trop se forcer. Mélisande avait moins mal qu'avant, c'était sûr, et le médecin heureux de ses progrès se satisfaisait de l'entendre parler et de la voir se démener pour tenir bon. Elle ne répondit toutefois pas à ce message d'encouragement. Elle avait encore trop de colère et de rancœur pour s'exprimer vraiment. Oh, lui n'était pour rien dans son état, au contraire, il était celui qui l'avait beaucoup aidée à s'en sortir, mais retournée quelque peu dans sa bulle, elle ne parlait plus beaucoup, seulement pour répondre à des questions ou savoir certaines choses. En tout cas pas pour discuter de son avancement…

Puis le moment fatidique arriva. Celui où installée dans son lit, elle vit la porte s'ouvrir pour laisser entrer Ambre, Alice, Crystal, Psyché, Jean et Pâris. Redoutant cet instant depuis qu'elle allait mieux, son ventre se serrant et son cœur battant à en sortir de sa cage thoracique, elle dut faire face aux excuses, aux pleurs et aux apitoiements. Mélisande tenta de contenir toute sa rage, toute sa colère, toute son envie de leur rendre la monnaie de leur pièce. Elle n'était pas prête à leur faire face. Réussissant à se contrôler, elle parvint malgré tout à rester de marbre, à réprimer ses émotions et à retenir son désir de vengeance par une simple phrase.

— Sortez, sortez toutes, répondit-elle juste.

# XXVI

Adélaïde préparait le repas. S'affairant à sa tâche dans la cuisine, elle buvait un verre de vin quand Phileas descendit les escaliers pour les rejoindre. L'embrassant quand il vint la voir, elle lui esquissa un sourire puis demanda à Wanda et Jarod de mettre la table pour sept.

— Hector est reparti ? interrogea son mari.

— Oui, mais ton père vient manger, répondit-elle.

Phileas approuva, et Adélaïde se repencha sur ses lasagnes qu'elle termina de disposer. Généreuse en gruyère elle arrosa la dernière couche de béchamel d'une bonne épaisseur puis elle rehaussa son plat d'une touche de persil qu'elle disposa par petits bouquets au-dessus. Son repas terminé, elle le plaça au four.

— Bella et Chloé sont où ? interrogea Phileas.

Wanda répondit avant qu'Adélaïde ne le fasse.

— Sur la terrasse, elles prennent l'apéro.

— Bien, okay, quelqu'un veut quelque chose ? Je vais me prendre un kir ?

— Je veux bien une bière, s'exclama Adélaïde en terminant son verre.

— Un schnaps, répondit Jarod.

— Et un pastis pour moi, annonça Wanda.

Phileas s'exécuta et leur servit à tous leurs boissons dehors sur la terrasse avant de s'installer auprès de Chloé et Bella.

— Tu sais si Mélisande descend ? demanda Adélaïde.

— Oui, elle prenait sa douche quand je me suis réveillé.

— D'accord. Sers-lui un Martini, elle adore ça.

Adélaïde termina de préparer la salade de tomate et de mozzarella et vint se joindre à eux dehors. Le temps était relativement clément, il faisait bon. Vêtue d'un simple tee-shirt de Phileas et d'un leggins, elle apprécia de ne pas avoir à se changer.

— J'espère qu'on aura de la neige cette année, s'exclama-t-elle.

— Oui, ce serait bien, avoua Wanda en regardant le ciel.

— Vous avez quelque chose de prévu vous pour les vacances de fin d'année ? demanda Chloé aux jeunes gens en sirotant son whisky.

— Oui, on va aller dans ma famille, à New York, annonça Jarod. Cela fait longtemps qu'on n'est pas allés les voir. Et vous ?

— Oh, on ne sait pas encore, fit Bella.

— Vous avez fait quoi ces derniers jours ? interrogea Phileas sa fille et son copain, on ne s'est pas beaucoup vu.

Le jeune homme se renfonça dans son fauteuil et regarda son futur beau-père.

— J'ai pas mal bossé sur les données pour le *Service*, même si au final cela n'a servi à rien, et Wanda s'est principalement entraînée. On est aussi allé voir la construction de notre maison.

— D'accord.

— On a des idées de pistes ? continua Bella sur la lancée.

— Oui, fit Jarod. Je comptais t'en parler Phileas, à partir des indications données par l'agent Ramirez j'ai démarré une reconnaissance faciale de toutes les femmes aux cheveux châtain présentes sur les caméras de surveillances des alentours des lieux des crimes les deux heures avant et après le meurtre. Je ne sais pas si cela donnera quelque chose mais c'est toujours ça de pris.

— Parfait, fit Adélaïde. Tu as défini une distance maximale ? Fais de même avec les plaques de voitures, elle n'était pas forcément à pied.

— Ce n'est pas bête, je vais envoyer un message à mon adjoint de nuit, qu'il lance la recherche.

Sortant son téléphone, il écrivit un SMS. Phileas buvant une gorgée de son kir se satisfit de cette initiative.

— C'est une bonne idée en tout cas.

— Hey !

Mélisande arriva sur la terrasse. Se retournant pour la saluer, ils lui firent de la place autour de la table et dès qu'elle fut assise, Adélaïde lui tendit son verre de Martini et lui rapprocha le plateau de dés de fromages et de saucisson.

— Merci, fit-elle en prenant une rondelle de saucisson.

— Bien dormi ? lui demanda Adélaïde.

— Oui, parfait, s'exclama-t-elle. Cela m'a fait du bien.

Tâchant de ne pas regarder Phileas en disant cela, elle fit abstraction de son malaise après qu'ils aient fait rapidement l'amour. Mais Adélaïde à qui elle voulait cacher leur frasque ne sembla pas s'en soucier. Regardant Phileas, elle lisait dans ses yeux. Ils avaient soudain en la voyant arriver eu la même idée. Après tout ce qu'il s'était passé, il fallait qu'ils avancent, qu'ils marquent un point et cela passerait par cette idée.

— Vous pensez à quoi ? comprit Wanda.

Les deux époux la regardèrent puis se fixèrent de nouveau l'un l'autre, gênés.

— Mélisande…, s'exclama Phileas en regardant la Reine.

— Chloé chérie…, déclara quant à elle Adélaïde.

— Oui ? répondirent en cœur les deux femmes.

Adélaïde et Phileas se regardèrent en souriant. Ils étaient vraiment sur la même longueur d'onde…

La jeune cheffe du *Service* décida de parler elle et l'homme du club la laissa faire. Tandis qu'Alfred arriva et se servit un Whisky, elle leur expliqua que la seule solution maintenant était la plus risquée. Qu'il fallait qu'ils aient un coup d'avance sur leur ennemie, qu'ils la fassent sortir de sa tanière.

— Oui je comprends, mais où veux-tu en venir ? demanda Mélisande.

Chloé regarda son amie avec une pointe d'étonnement.

— Tu plaisantes ? Tu ne te doutes pas ? Ils veulent qu'on serve d'appâts, rétorqua-t-elle.

— Bon plan, concéda Wanda.

— Oui, merci, fit Phileas en regardant sa fille.

— Ah okay, répondit Mélisande en buvant une gorgée de son Martini.

Elle regarda ses amis tour à tour.

— Moi je suis d'accord, si ça permet de l'arrêter.

— Bien, parfait, la remercia Adélaïde.

Se retournant vers son amie et amante, Adélaïde regarda la Reine d'Or.

— Et toi Chloé ?

— Bien entendu. Je veux l'attraper à tout prix, et au moins si on sert d'appâts on sera bien protégées.

— Mouais, pas sûr, lâcha du tac au tac Jarod.

Wanda lui donna un coup de coude.

— Aïe !

— T'es con parfois ma parole !

Phileas regarda son futur beau-fils avec une pointe de mécontentement puis se pencha pour regarder Mélisande et Chloé.

— Ne vous en faites pas, je vous assure qu'elle ne vous tuera pas. Vous en avez ma parole.

Les deux jeunes femmes le regardèrent avec insistance.

— Je te fais confiance, déclara Mélisande.

— Moi de même, s'il y a bien un homme à qui je confierai ma vie, c'est toi.

— Parfait, alors c'est réglé.

Adélaïde acquiesça et regardant sa montre, termina sa bière.

— Bon, on mange dans vingt à vingt-cinq minutes, je vais prendre ma douche.

*

Adélaïde monta dans la salle de bain face à la chambre et prit une rapide douche sans se laver les cheveux. Machinalement, une fois sortie de la baignoire elle vérifia son visage dans la glace pour voir si elle n'avait pas de cernes ou si elle n'avait pas de bouton et coupa ses ongles. Puis elle s'habilla et descendit. Se joignant à son mari et leurs convives, elle se servit alors un autre verre de vin, prit de la salade et des lasagnes et commença à manger. Le repas se passa bien. Phileas et Alfred racontèrent quelques histoires pour détendre l'atmosphère et cela fonctionna, faisant oublier aux filles leurs soucis le temps de manger. Mais la jeune femme était tout de même un peu préoccupée. Mélisande l'inquiétait. Elle n'avait pas eu l'occasion de lui parler en tête à tête et désirait pouvoir le faire. Perdre une amie proche, surtout de cette façon, c'était quelque chose d'horrible. Et Adélaïde se sentait responsable. Mariée à Phileas, cheffe du *Service*, elle en savait plus qu'elle sur les tenants et les aboutissants du Club des Damnés. Et de ce fait elle s'estimait peut être plus que Phileas devoir faire amende honorable. Pour leurs amies, pour Chloé, pour Mélisande… Adélaïde aurait dû prévoir un plan pour cette situation. Phileas en avait eu un, mais il avait été trop vague, trop incertain. Il avait pensé à tort pouvoir protéger ses Reines en leur laissant vivre leurs vies, mais même s'ils n'en parlaient pas, lui aussi savait que c'était ça qui avait condamné Eugénie. Il aurait dû les isoler dans la cathédrale. Au lieu de cela il avait compté sur le *Service*, et c'est ce qui avait coûté sa vie. Adélaïde s'en sentait responsable, car cela avait été sa tâche et deux de ses agents étaient morts, ainsi que deux Reines. Elle aurait dû s'en mêler.

Phileas sortit le dessert une fois que les lasagnes furent terminées et Adélaïde tâcha de faire fit de son ressenti personnel et de se détacher de son sentiment de culpabilité. Leur ennemie avait été forte, experte et surtout implacable. Elle pas plus que lui ne pouvait porter la responsabilité de ses crimes. C'était elle l'assassin, ils n'avaient rien à se reprocher. Ils avaient essayé de protéger le maximum d'entre elles et si toutes avaient été attaquées, une majorité aurait été sauvée, la tueuse aurait même certainement été arrêtée. Mais elle savait qui attaquer, et quand. Bon sang, Ramirez avait des enfants…

Le repas se termina et Alfred se prépara à repartir. Venu en coup de vent il désirait retourner au Club continuer à travailler avec les autres Cavaliers à l'épluchement des registres et surtout maintenant à rendre hommage aux défuntes. Une statue serait érigée à leurs mémoires, une pour chaque Reine. C'était une tradition, un devoir qu'ils se devaient de rendre pour ne pas oublier.

— Au revoir fils, courage, s'exclama-t-il en lui faisant la bise sur le pas de la porte.

— Déplacez la statue de Jean de mon bureau, mettez-là avec les autres dans la loge circulaire de la tour, je pense que ce sera le meilleur lieu pour leur rendre hommage, demanda Phileas sachant pertinemment ce qu'il en était.

— Bien, parfait. Je suis d'accord, approuva Alfred.

— J'ai aussi demandé à un ami de nous peindre des portraits. En plain-pied, un pour chacune d'entre elles.

— Je l'annoncerai aux autres pour qu'on leur trouve une place, je te tiens au courant.

— Rentre bien.

— Oui, bonne nuit à vous aussi, s'exclama le Cavalier en se rendant à sa voiture.

Phileas referma la porte à clé et aida sa fille à terminer de débarrasser. Fatigué il se coucha ensuite. Après quelques instants Jarod et Wanda montèrent également et Bella et Chloé en firent de même pour aller se coucher dans la chambre du second étage. Il ne resta alors plus qu'Adélaïde et Mélisande.

Terminant son verre, cette dernière caressa Blanche le temps d'une seconde et également épuisée se dirigea vers l'escalier.

— Je vais y aller aussi, déclara-t-elle. Bonne nuit.

— Non attends !

Adélaïde l'interpella quand elle monta l'escalier.

— Oui ? fit-elle en se retournant.

— On n'a jamais eu l'occasion de discuter, surtout personnellement, commença la jeune femme, mais je tenais à te dire quelque chose…

Mélisande descendit les marches qu'elle avait déjà gravies et la rejoignit pour lui faire face.

— Je t'écoute.

— Je me suis fait violer par un membre moi aussi. Il y a quelques années, avant que les Rodiers ne brûlent. Cela a duré des semaines, durant mon sommeil, il avait réussi à faire des doubles de mes clés. Ce fut sûrement moins horrible que ce que tu as vécu, mais je tenais à te dire que je comprends.

Mélisande regarda son amie gênée, abasourdie d'apprendre cela. Elle était encore plus mal de l'avoir faite cocue il y a seulement quelques heures. Elle s'en voulait terriblement. Bon sang, pourquoi avait-elle fait des avances à Phileas puis avait accepté de coucher avec lui ? Quel genre de personne était-elle ?

— Je… merci…

Les deux jeunes femmes se regardèrent.

— Cela remonte à loin, ça fait quinze ans maintenant, mais ça me touche que tu te confies à moi, reprit la jeune femme.

Adélaïde lui sourit amicalement.

— Il s'appelait Molarron. C'était un ministre, quand Phileas l'a banni, il a fait brûler le Club.

— C'est lui qui… ? s'étonna Mélisande.

Adélaïde fit oui de la tête.

— C'est mon violeur qui a détruit les Rodiers oui.

La cheffe du *Service* renchérit.

— J'en ai fait des cauchemars pendant des nuits, c'était épouvantable. Mais Phileas l'a stoppé à nouveau et quand il ne fut plus ministre il l'a tué…

Mélisande s'adossa à la table à côté d'elle. Touchée par ses mots, elle décida de se confier aussi.

— Moi je sais qu'il a banni les filles durant une semaine et m'a reversé un mois de leurs payes. Puis ne pouvant décemment tuer les membres qui m'avaient violée, ne sachant pas de qui exactement il s'agissait et la drogue étant en partie responsable, il m'a convoqué dans son bureau et m'a demandé ce que je voulais faire pour me venger.

— Et ?

Mélisande souffla de dépit.

— J'étais dans une rage folle, mais il n'y avait pas vraiment de responsable… Ce n'aurait pas été juste de blâmer quelqu'un. Alors j'ai pris sur moi et j'ai demandé à ne jamais revoir les membres présents ce soir-là, qu'il s'arrange pour qu'ils ne soient jamais là quand je venais. Il a accepté sans condition. Il leur interdisait l'accès au Club quand j'étais présente et me prévenait quand ils étaient là pour que je ne vienne pas ou que je m'isole. L'argent de leurs adhérences au Club me fut aussi reversé.

— Oui, Phileas s'est toujours montré généreux, confirma Adélaïde.

— Oui, il est super là-dessus, compatissant, toujours là pour aider, il est génial, tu as beaucoup de chance de l'avoir !

— Oui…

Adélaïde regardait dans le vide, pensant à cela, à toutes ces qualités qui faisaient son mari, quand mal à l'aise Mélisande décida d'aborder un sujet.

— Phileas m'a dit qu'il t'avait tout raconté, commença-t-elle. Alors je voulais que tu saches que Jean était quelqu'un de super. Elle est arrivée au club juste après moi, et elle était vraiment fantastique… Après que ce soit arrivé, elle n'a plus jamais commis d'erreur et a toujours été là pour moi et pour les autres. Elle a tout fait pour que plus rien de ce genre n'arrive.

— D'accord, accepta Adélaïde.

Mélisande la regarda avec sincérité.

— Tout ça pour dire que tu ne dois pas te faire un portrait moins glorieux d'elle. Jean reste cette personne exceptionnelle que tu as connue.

— Je sais, je sais… C'est juste que… enfin bref, elle me manque.

— Je te comprends…

Mélisande acquiesça et convenant toutes les deux qu'il était temps d'aller se coucher, elles se firent la bise montèrent dans leurs chambres. Mélisande rejoignit son lit et Adélaïde Phileas.

# XXVII

Adélaïde et Phileas se réveillèrent sur les coups de sept heures. Décidant de faire un petit câlin du matin, la jeune femme se colla à son mari et commença à le masturber en lui faisant des bisous dans le cou. Rapidement émoustillé, l'homme du Club retira sa culotte. Puis la couchant sur le lit, il passa les vingt minutes suivantes entre ses cuisses à se servir de sa langue et de ses lèvres tout en la maintenant fermement. Adélaïde apprécia expressivement et avec plaisir. Lui bloquant la tête des mains, jouant dans ses cheveux ou les lui tirant presque, elle se trémoussa avec frénésie de satisfaction. Ses tétons s'agitant, parfois pincés par son époux, cela dura jusqu'à ce qu'elle gémisse de jubilation. Savourant nue sur le lit, un sourire aux lèvres, Adélaïde se complut dès lors en serrant les draps, heureuse au possible. Puis une fois ses esprits récupérés elle se redressa et se mit à quatre pattes sur le lit. S'offrant à lui, elle le laissa la prendre entre les fesses. Hurlant toujours plus bruyamment à chaque à coup, la tête enfoncée dans l'oreiller pour qu'on ne l'entende pas, elle prit son pied tout autant que lui et se sentit une nouvelle fois défaillir lorsqu'il vint au fond d'elle. Sa semence coulant le long de ses cuisses, encore euphorique, elle partit alors vite fait prendre sa douche.

Le reste de la maison se leva vers neuf heures. Leur petit déjeuner fut servi par Phileas dans le salon. Il y avait des croissants encore chauds, des petits pains au chocolat, des céréales, du pain, du beurre demi-sel, des tartines, du jus d'orange, du lait, du chocolat, du café, et du thé. Ils mangèrent un repas plus que copieux. Puis Adélaïde descendit et leur fit face. Habillée de sa chemise en soie blanche et de sa jupe noire de tailleur, montée sur des talons aiguilles assortis, elle leur expliqua le plan. Cela resterait entre eux. Personne d'autre n'en serait mêlé. Jarod, Bella et Wanda géreraient la logistique, et Phileas et elle surveilleraient à distance Mélisande et Chloé.

— Et comment sert-on d'appâts ? demanda celle-ci.

— C'est simple, déclara Adélaïde, l'assassin a la liste des Reines divines. Avec l'adresse et le nom de chacune. Mais il y en a une chez qui elle n'est pas encore allée.

— Chez moi, déclara Mélisande. Je ne suis pas sur liste rouge alors même si j'ai déménagé depuis, elle doit savoir où j'habite.

— Exact, et elle a rayé tous les autres noms de sa liste, alors il ne reste que toi, annonça Phileas.

— Bien, comment on fait alors ? les interrogea Chloé.

Adélaïde et Phileas se regardèrent.

— Vous allez vous y rendre toutes les deux, poursuivit Adélaïde. On a songé un temps à vous séparer pour que chacune soit chez elle et une cible potentielle, mais on pense que ce sera plus sûr de vous placer au même endroit, au moins pour l'instant.

— D'accord. On y va donc seules, c'est ça ?

— Oui.

— Et vous vous serez où ? questionna Chloé.

Phileas la regarda, puis se releva.

— Faites-nous confiance, moins vous en saurez, plus cela sera efficace.

— Bien, fit Mélisande en terminant son bol. On y va quand ?

Adélaïde regarda sa montre.

— Dans une heure, vous y serez déjà. Cela se termine aujourd'hui.

Les filles la regardèrent, un peu mal à l'aise. C'était un pari risqué. Surtout pour elles.

— Faites-nous confiance, s'exclama la jeune femme. Je vous garantis que vous ne courrez aucun danger.

— Mouais, je serais rassurée quand tu l'auras choppé, répondit Chloé.

— Pareil.

Adélaïde acquiesça de la tête, n'ayant rien à répondre. Puis le petit déjeuner terminé, tout se mit en place. Se préparant, chacun s'habilla et prit ses affaires et une fois prêts, tous se réunirent dans le garage. Phileas et Adélaïde partirent en premier avec le 4X4. Dix minutes plus tard, prenant la Z4 d'Adélaïde, Chloé et Mélisande y allèrent, et enfin, les suivant discrètement installés dans l'Audi de Wanda, Jarod, Bella et elle complétèrent la marche.

Tout se déroula ensuite normalement. Alors qu'Adélaïde renvoya l'agent double zéro chargé de surveiller son appartement, Mélisande et Chloé descendirent de voiture et montèrent chez la Reine. Là, laissées seules sans aucune explication ni marche à suivre, les deux amis s'installèrent dans le canapé. Et comme deux jeunes femmes servant d'appâts ne sachant pas à quelle sauce elles allaient être cuisinées, elles se regardèrent hésitantes.

— On fait quoi maintenant ? demanda Chloé.

— Aucune idée, tu veux regarder un film ? lui proposa Mélisande.

— Pfff, tu as quoi ?

— Des tas de trucs… mais je n'ai pas envie de regarder un film en fait.

— Bordel, ça va être long.

— Yep.

Chloé se massa la nuque et prit des cachets pour calmer la douleur. Puis regardant son amie, elle tenta de trouver une activité. Mélisande, elle, s'affala et soupira. Elle s'ennuyait déjà tout autant. Il fallait qu'elles s'occupent, sinon elles allaient devenir chèvres. Elles se sentaient déjà devenir folles.

— On se fait une après-midi pyjama ?

— Tu rigoles ? ricana Mélisande.

Chloé eut les yeux qui pétillent.

— Y a Adélaïde et Phileas qui nous surveillent, alors on n'a rien à craindre.

— On invite qui ? s'enjoua la jeune fille.

— Toutes les autres ! J'appelle Caro, Sublime et Camilla, tu te charges de Sarah et Kira ?

— Okay, on en invite d'autres ? Des nouvelles ?

— Tu veux dire du genre de celles qui ne doivent pas savoir que Phileas déboite Adélaïde et qu'ils font partie d'un service secret top secret ?

— Oh fuck, s'exclama Mélisande. Ils font chier.

Chloé regarda sa consœur avec malice.

— En même temps, on se fera juste taper sur les doigts non ?

— On va se faire tuer !

— Ouais, c'est le but de la journée.

— Mais si on invite du monde, ça ne risque pas de dissuader la meurtrière de nous attaquer ?

— Les pires salopes de la planète réunies chez l'une d'elles, elle ne résistera pas, allez, sors ta nuisette, je commence à appeler !


*Deux heures et demie plus tard.*

L'ambiance battait son plein. Une douzaine de Reines étaient venues. Caroline, Camilla, Sublime et Sarah, bien évidemment, les autres membres de leur groupe d'amies, mais aussi des Reines plus récentes. Âgées de 19 à 27 ans, Ambroisie, Abysse, Aimée, Malice, Caprice et Sucrée avaient répondu à l'appel sans hésiter. Reines 73, 74, 76, 77, 78 et 79, elles étaient déjà amies entres elles et s'étaient dit pourquoi pas. Enfin, bien que venues qu'à deux, Sally et Verra Brand étaient elles aussi venues les rejoindre. Nommées Reine Légion, elles étaient l'un des derniers mystères du Club des Damnés. Avec leurs deux autres sœurs quadruplées, elles jouaient sur leur ressemblance pour endiabler les membres. Mais le club et ses membres n'étaient pas le sujet de discussion. Rendant hommage à leurs amies décédées, décidant de s'amuser, elles avaient mis les couettes, les matelas, les coussins et les oreillers au sol et installées en pleine après-midi en pyjama, elles mangeaient du popcorn et buvaient tout en écoutant de la musique et en consommant des substances illicites. Ce fut un bon moment entre Reines. Faisant connaissance avec leurs cadettes ou ainées qu'elles ne fréquentaient pas trop, le groupe de consœurs devint rapidement une bande d'amies. Abysse était par exemple sur la même longueur d'ondes musicales que Sarah, Sucrée et Verra adoraient les poèmes de Sublime, Caprice curieuse n'arrêtait pas de questionner Caroline et Camilla sur leur relation et Mélisande interrogeait Malice à propos de ses études de médecine, qu'avaient suivies Eugénie et Karen. Et l'alcool aidant et le principe de l'après-midi pyjama s'y montrant propice, Aimée, Malice, Caroline et Sally dévoilèrent même leurs tatouages intimes et toutes se racontèrent leurs histoires personnelles au club. Oubliant presque l'objectif de leur après-midi, Chloé et Mélisande s'amusèrent, pour la première fois depuis longtemps. Mélisande pensa juste un instant qu'Eugénie, Pâris et ses autres amies auraient adoré l'idée de leur petite fête mais désireuse de ne pas pleurer, elle but encore et se força à oublier pour passer un bon moment. Tout se passait ainsi très bien dans la joie et la bonne humeur jusqu'à ce qu'on sonne à la porte. La musique à fond, Chloé vêtue d'une culotte rose en dentelle et d'un débardeur bleu alla ouvrir. Son visage désenchantant immédiatement, elle se retrouva face à Adélaïde.

— Adélaïde, tu as pu venir, sourit-elle enjouée, tentant de sauver les apparences pour ne pas subir sa fureur.

— Oui, j'aurai tué pour venir, déclara-t-elle avec ironie.

La cheffe du *Service* entra à l'intérieur de l'appartement, fit la bise à son amie, et retira son trench. Habillée d'un tee-shirt de Phileas qu'elle avait accompagné d'une simple culotte blanche, elle s'installa sur un coussin.

Mélisande et Chloé la regardèrent mal à l'aise.

— Désolée les filles, je n'ai pas pu venir plus tôt, je devais réorganiser mes plans, lâcha-t-elle comme un pique.

— C'est cool que tu sois là quand même, s'émerveilla Caroline, tu nous manquais !

— Une bière ? Du champagne ? lui demanda Malice.

— Du champagne, volontiers !

Adélaïde mangea quelques popcorns, siffla sa flûte en plastique en lançant un regard noir à ses deux amies responsables de cette petite sauterie, et se laissa aller elle aussi. Buvant, rigolant, elle se mêla à ses camarades et aux nouvelles Reines du groupe et participa aux conversations et aux délires. Le tatouage intime de Caroline revenant de nouveau sur la table, elle retira son tee-shirt pour montrer le sien. Le dos entièrement recouvert d'un immense Basilique affrontant un Dragon rouge, elle l'exhiba avec plaisir. Puis enchaînant les verres, elle se prit au jeu et discuta avec ses amies, flirta avec Caroline et Camilla, et proposa d'inviter des garçons pour pimenter la soirée. Faisant des selfies d'elles toutes ensemble en soirée pyjama, elles se postèrent sur les réseaux sociaux pour inviter des garçons à les rejoindre. Puis l'après-midi se termina et la soirée commença. Sur les coups de neuf heures alors qu'autant de garçons étaient venus, elles commandèrent à manger et continuèrent à boire et à fumer toujours plus. Caroline et Camilla avaient déjà fait une fois l'amour dans la chambre et Mélisande avait embrassé un garçon quand cela sonna de nouveau à la porte. C'était les pizzas.

Mélisande ouvrant, en soutien-gorge et bas de pyjama, toutes ses amies étant dans des tenues plus ou moins analogues en arrière-plan, elle invita le livreur à entrer.

— Bonjour, désolé pour la tenue, on est dans une soirée délire.

— Pas de soucis, s'exclama la dame, voici vos vingt-cinq pizzas. J'espère que vous avez faim.

— Oui, pas de soucis, sourit Mélisande.

— Laisse, je paye ! s'exclama Sublime en arrivant.

— Non c'est bon, fit la jeune femme en sortant sa carte, je régale.

— Mais non, on partage ! s'indigna Caroline en se mêlant à la conversation.

— Je prends, c'est bon les filles !

— Si vous voulez je peux encaisser trois fois hein, plaisanta la livreuse.

— Non, c'est bon, quand même pas, ricana Mélisande.

Elle paya les presque deux-cent-cinquante euros de commande et Caroline et Sublime donnèrent chacune quinze euros de pourboire. Puis la livreuse s'en alla et ils commencèrent à manger. Installés devant une comédie qui ne nécessitait pas de réfléchir, le repas se passa pour le mieux. Les rencontres furent enrichissantes, et il y eut quelques rapprochements entre des amis. La soirée dura ainsi jusqu'au petit matin, quand après que la plupart se soient endormis ou furent rentrés chez eux, il ne resta que Mélisande, Chloé, Adélaïde, Caroline, Camilla et Sublime. La cheffe du *Service* ramassant les déchets pendant que Mélisande, Caroline, Camilla et Sublime dormaient, elle remettait de l'ordre quand Chloé vient la voir.

— Tu nous en veux ? lui demanda-t-elle mal à l'aise.

— De quoi ? D'avoir mis en danger dix autres Reines ? D'avoir fait en sorte que notre ennemi ne vous ait probablement pas attaqués à cause du monde ?

Chloé la regarda quelque peu irritée.

— Tu abuses, on n'allait pas rester là à ne rien faire !

Adélaïde prit un gobelet, sortit une bordure de pizza de sous la bibliothèque et les jeta. Puis elle regarda à nouveau sa meilleure amie.

— Ce n'est pas grave, on a géré, et on n'était même pas sûr que l'assassin surveille cet appartement, alors bon. Espérons juste que tu ne lui as pas donné de nouveaux visages à cibler.

Chloé acquiesça, mal à l'aise, quand on toqua à la porte.

— Je vais ouvrir, répondit-elle.

La jeune femme se rendit à la porte d'entrée pour ouvrir. Adélaïde la suivait d'un œil encore rancunier quand elle eut le cœur qui fit un bon. Se précipitant vers son amie elle la poussa pour la protéger. La femme en noir, le revolver de l'agent Ramirez dans la main droite avait cependant déjà tiré. Adélaïde prit la balle dans l'estomac et tomba au sol, le bruit du coup de feu résonnant avec fracas dans la pièce. Chloé affolée se recroquevilla au sol contre la commode, mais Adélaïde était entraînée. Rapidement, une main sur l'estomac comprimant le plus fortement possible sa plaie, elle se releva et assena un coup du plat de la main au nez de son adversaire. Sa tête partant en arrière, le cartilage de son nez certainement fracassé, Adélaïde la désarma ensuite et saisissant l'arme, la mis en joue. Mais l'assaillante eut le temps de se ressaisir elle aussi et lui fonça tête baissée dessus. La plaquant au sol, elle lui fit lâcher l'arme et son sang s'écoulant largement, déjà éprouvée par sa plaie et la balle toujours logée dans son ventre, Adélaïde perdit prise. Caroline, bourrue et encore éméchée lui sauva cependant la vie. Sortant de la chambre et saisissant une chaise, elle la lui fracassa sur le flanc. Lui sautant ensuite énergétiquement dessus, elle la frappa des pieds. Camilla et Mélisande affolées crièrent à l'aide. Adélaïde elle se releva, saisit Chloé par la main et lui ordonna de se cacher dans la chambre. Tâchant de tenir encore le coup, elle se précipita vers son amie aux prises avec la meurtrière, quand la porte s'ouvrit à la volée derrière elles. Phileas l'arme au poing entra alors dans l'appartement.

# XXVIII

— Aïe !

Adélaïde installée dans la cuisine se fit retirer avec une pince plate la balle du ventre par Wanda. Puis Mélisande comprima la plaie avec une serviette.

— Ça va ? Je ne te fais pas trop mal ?

— Putain, où est Lagarde ? s'écria Adélaïde.

Jarod amena le désinfectant, et Phileas sortit le fil et les aiguilles.

— Détends-toi chérie, lui déclara-t-il en nettoyant la plaie. Il arrivera d'ici une heure.

— C'est ça, c'est ça… Fais-toi recoudre le bide sans anesthésie et tu verras.

— Les filles, vous pourriez vous habiller, j'aimerai que mon copain ne vous voit pas dans ces tenues ! s'exclama Wanda en jetant la balle dans la poubelle.

— Je suis là tu sais, répondit Jarod, et je m'en moque.

— Oh ça va ! On s'habille ! s'écria Caroline. Pas besoin de s'exciter !

— Je la hais, marmonna Wanda.

— Fais gaffe, la pointa du doigt Adélaïde, ce sont mes amies !

Wanda grogna, et Sublime entra dans la pièce.

— J'ai trouvé ça dans la salle de bain, ce sont des compresses.

— Parfait, fit Phileas.

— Vous avez une idée de comment je peux expliquer le coup de feu à mes voisins ? les interrogea Mélisande.

— On va te couvrir, on a appelé une équipe.

— Bien, merci.

— Heureusement que les autres étaient partis quand elle a attaqué, renchérit Camilla en entrant dans la cuisine, cette fois habillée.

— Aïe ! vociféra Adélaïde, tu fais mal Phileas.

— Sans rire, tu t'attendais à quoi ? Heureusement que c'est superficiel et que la balle n'a rien touché.

— Aaaaah !

Adélaïde tint fermement le bras de Chloé pour contenir sa rage.

— Apporte-moi un truc qu'elle peut mordre, sinon elle va se casser les dents, demanda Phileas à Wanda. Et ne te bats pas avec Caro, sinon je t'en colle une.

— À Caro aussi, elle y met du sien, s'exclama Camilla.

Phileas continua à recoudre Adélaïde. Puis Wanda apporta à sa belle-mère un nounours pour qu'elle puisse mordre dedans.

— Je n'ai rien trouvé de mieux.

— Ça ira !

Adélaïde continua à étouffer ses cris en mordant la peluche et Phileas s'attela à la tâche. Puis une fois que ce fut terminé, la jeune femme se releva de sur la table et s'habilla.

— Je vous hais tous, j'en ai marre.

— Bien, fit Phileas en se lavant les mains à l'évier, maintenant passons à côté.

Répondant à son appel, tous passèrent alors avec lui dans le salon pour rejoindre en silence Bella. Tenant en joue la mystérieuse femme responsable de la série de meurtres l'agente du *Service* regarda sa cheffe et Phileas arriver et attendit de voir ce qu'ils voulaient faire. L'homme du Club commença alors par retirer la cagoule de l'inconnue figée sans parler sur sa chaise depuis qu'il était arrivé. Effarées, les filles réalisèrent qu'il s'agissait de la livreuse de pizza.

— Vous ? s'exclama Phileas en reconnaissant la dame.

— Qui est-ce ? demanda Adélaïde étonnée.

— La salope, c'est la livreuse de pizza, s'exclama Caroline. Putain, je vous ai donné quinze euros de pourboire sale bitch !

— La petite garce, s'indigna Camilla.

— J'aurai des séquelles à vie à cause de vous ! se permit enfin de dire Chloé. Je vous déteste espèce de pute !

L'homme du club sortit son téléphone de sa poche et appela un agent.

— Elle a usurpé la place du livreur de pizza, vérifiez avec la compagnie s'il a donné des nouvelles.

Il raccrocha et regarda la dame alors que les filles reprirent le silence.

— Qui est-ce ? lui redemanda Adélaïde.

— Une ancienne cliente, l'une des premières, annonça Phileas le regard noir, une qui pense que c'est à cause des Reines que son mari l'a quittée. Une parmi tant d'autres.

— Edgar m'aimait ! s'écria convaincue madame Pierre le nez en sang, parlant pour la première fois.

Phileas se massa les tempes, las et bouillonnant intérieurement.

— Et donc vous avez massacré mes Reines pour vous venger ? Vous avez massacré des femmes innocentes, des

232

maris, des enfants, des hommes uniquement chargés de les protéger parce qu'il vous a quitté ? Mais quelle nouille, s'emporta-t-il poliment, croyez-vous vraiment qu'il vous aimait ? Sérieusement ? C'était pour votre argent, rien d'autre !

La dame se releva en colère.

— C'est faux ! Il ne vivait que pour moi et moi seule, mais vos démones me l'ont volé. Une fois qu'il eut participé à vos orgies, il ne me toucha plus du tout et me repoussa, me trouvant trop vieille et trop imparfaite !

Phileas soupira.

— Comment avez-vous su leurs noms et leurs adresses ?

Madame Pierre ne répondit pas. Et Phileas ne répéta pas la question. Calmement, il lui donna simplement un rapide et puissant coup de pied à l'entrejambe. Tombant au sol en se tenant des deux mains, elle poussa un cri de douleur. Il lui mit alors le talon sur le front et la força d'un coup vif à s'allonger sur le dos. Une fois fait, il appuya sur son cou de sa semelle.

— Je… Edgard voulait les retrouver, il avait volé une liste dans vos archives…

— Pourquoi maintenant ? se permit de l'interroger Mélisande. Pourquoi attendre aussi longtemps ?

— Parce que je n'ai réussi à lui remettre la main dessus qu'il y a un mois, révéla avec difficulté la dame.

— Et Edgard vous l'a donnée ? se surprit Chloé.

— J'en doute, elle a dû lui voler, déclara Phileas. Il s'était enfui, car c'est une vraie folle. Mais elle voulait se venger.

— Il s'était enfui à cause de vos trainées, il ne m'aurait jamais quitté si votre club n'avait pas existé ! reprit la dame. Il m'aimait à la folie ! Il serait mort pour moi ! Alors je l'ai tué, lui et sa famille, et j'ai pris la liste pour régler le compte à vos sales démones !

Phileas ferma les yeux et se massa de nouveau les tempes.

— Bon, écoutez, finissons-en, on ne peut pas raisonner avec des gens comme vous !

Le maître du club sortit son arme. Il visa sa tête et mit prématurément fin à la conversation et à sa vie en éclaboussant les alentours. Puis il se tourna vers ses amies et sa femme.

— Bon sang, s'exclama-t-il, les gens ne pourraient-ils pas s'acheter un cerveau ?

# XXIX



*24 novembre*

Phileas et Adélaïde main dans la main regardèrent les cercueils d'Eugénie et de Pâris descendre en terre. Entourés des Cavaliers et de toutes les Reines encore vivantes ils dirent adieu à leurs amies.

— Arrachées trop tôt, parties sans qu'on ait pu leur dire au revoir, Eugénie et Pâris ont rejoint Jean, Psyché, Crystal, Ambre et Alice. Nous ne pouvons que pleurer la mort d'amies chères, emportées dans des conditions si horribles, mais j'aime à penser que de là où elles sont, chacune d'entre elles peut voir toutes les personnes réunies ici, toutes les personnes qui pleurent leurs disparitions. Eugénie et Pâris étaient mes amies, tout comme Jean. Je n'ai pu connaître les autres malheureusement, étant Reine depuis une période plus récente, mais je sais que beaucoup d'entre vous les connaissaient, et qu'elles vous manqueront également. Il n'y a donc qu'une chose que je puisse faire, lever mon verre à ces femmes incroyables, ces consœurs et amies, les Reines perdues.

Levant son verre de vin, Adélaïde fut suivie de toute l'assemblée qui but une gorgée. Puis elle descendit de l'estrade et rejoignit sa place. Mélisande prit alors sa place, les yeux encore humides. Soufflant avant de réussir à prendre son courage, rattrapée par la peine, elle réussit quand même à rendre hommage à ses amies.

— Je les ai toutes connues, elles étaient mes amies…
Mélisande prit le temps de s'essuyer les yeux avec son mouchoir.

—   Mais surtout, elles étaient des personnes exceptionnelles, des femmes généreuses, ouvertes, compréhensives et compatissantes. Elles et moi étions liées par des événements forts et puissants… et même si j'ai pu leur en vouloir, je donnerais tout pour les avoir à mes côtés encore au moins une fois, pour au moins leur donner un adieu correct. Les filles, vous me manquez.

La jeune femme quitta l'estrade en pleurant et regagna sa place. Puis ce fut le tour de la Reine Bella de venir présenter ses doléances. 5e Reine du Club des Damnés, elle était revenue sur la demande de Phileas comme les autres. Racontant avec éloge sa première rencontre avec leurs défuntes amies, elle teinta l'assemblée de nostalgie et de souvenirs chaleureux. Ensuite ce fut au tour de Cavaliers, puis d'autres Reines qui se confièrent. Cela dura ainsi encore une heure jusqu'à ce que Phileas termine l'enterrement par une description de chacune de leurs premières rencontres. Levant une dernière fois leurs verres, les Cavaliers et les Reines les terminèrent alors.

Discutant ensuite, se serrant la main, évoquant des souvenirs, ils se rendirent au Club des Damnés dans la salle de bal pour célébrer une dernière fois tous ensemble. Là, prenant un immense apéro dinatoire et buvant des boissons présentes à volonté, les anciennes Reines en profitèrent pour visiter la Cathédrale et ses passages secrets, jouant presque à cache-cache comme avant, et discutèrent de l'évolution de leurs vies avec les nouvelles arrivantes. Les Cavaliers furent eux pour la première fois mélangés à elles sur un pied d'égalité, les statuts s'effaçant le temps d'un hommage, et sans trop en dire, leur parlèrent de leurs vies privées et d'anecdotes qu'ils avaient à raconter sur la vie au Club des Damnés. Cela dura ainsi jusqu'à vingt-et-une heures, quand chacun retournant à sa vie sur un au revoir, pour les anciennes Reines définitivement, ils profitèrent du repos accordé par Phileas. Le Club ne serait fermé que jusqu'au lendemain, cet horrible événement terminé, mais il espérait qu'elles prendraient le temps de se vider la tête et de se ressourcer avant de revenir. Il était cependant lui tout aussi affecté que ses Reines. Conscient de ses erreurs, des lacunes de ses plans de gestion de menaces, il se révélait vulnérable et cela l'irritait. Il n'était pas parfait mais même si ce n'était pas une question d'égo, il se devait de l'être. Parce que des vies en dépendaient. Il se devait d'être vigilant. Bon sang, quand il avait vu le visage de l'assassin, il avait tout de suite réalisé qu'il aurait dû penser à elle. Le profil correspondait parfaitement. Alors pourquoi n'avait-il pas songé à cette folle ? Phileas n'arrivait pas à se détacher du sentiment de culpabilité de ne pas l'avoir retrouvée avant la mort de ses Reines. Il aurait dû faire suivre tous ses membres… Phileas secoua la tête de dépit, se réfrénant immédiatement, tâchant de ne pas se martyriser outre mesure. Il souffla en regardant ses Reines et Cavaliers s'en aller. Non, il fallait qu'il arrête, vraiment. Il ne pouvait pas faire constamment suivre tous les membres ni toutes les Reines pour les protéger, il fallait qu'il accepte la fatalité de la vie et le libre arbitre de chacun. Et s'il écoutait sa femme, ses amis ou même son père, il ne devrait pas non plus s'en vouloir de ne pas avoir pensé à une personne rencontrée il y a quatorze ans durant deux mois. Et ils avaient raison. Il était le maître des Reines, pas Dieu. Mais il bénissait celui-ci, quel qu'il soit en tout cas, vraiment. C'était une chance qu'elle n'ait pas eu l'opportunité d'empoisonner les pizzas avant de les remettre aux filles ni n'ait préféré suivre les Reines rentrant chez elles plutôt que de revenir le lendemain pour les assassiner. Sinon cela aurait été une catastrophe.

Phileas souffla en essayant de penser à autre chose et informa les Cavaliers restant qu'il s'occuperait du rangement. Aidé d'Adélaïde qui resta avec lui après le départ de tout le monde, ils nettoyèrent alors la salle de bal et vérifièrent un peu partout. Puis sur les coups de onze heures, ils rentrèrent chez eux. Se brossant les dents et sortant le chien, épuisés, ils se rendirent alors dans leur chambre pour tâcher de dormir.

— Elles n'avaient pas de famille ? s'étonna Adélaïde en s'installant sur le lit à côté de lui.

— Si… Mais j'ai demandé à leurs parents si on pouvait faire notre cérémonie avant, en hommage, révéla Phileas en comprenant qu'elle parlait de leur absence au cimetière. J'ai payé les obsèques.

— Et ils ont accepté ?

— Je leur ai dit qu'on était une centaine, qu'elles faisaient partie de notre vie et qu'on désirait simplement leur rendre un hommage entre nous. Ils ont accepté, comprenant. Je leur ai aussi dit que j'étais leur patron et qu'elles n'avaient pas eu leurs dernières payes. Je leur ai donc donné une enveloppe, en leur exprimant mes regrets.

— Ils ont posé des questions ?

— Oui, mais Darignac a joué pour nous, il leur a dit qu'une personne avait pris pour cible notre entreprise et qu'on les avait abattues. Cela leur a suffi, c'était la faute à pas de chance.

— Bien, parfait. C'était éprouvant, ça et l'enterrement de Ramirez et Gordon hier… Bon sang, leurs familles étaient si abattues elles aussi.

— Oui, on a beaucoup de sang sur nos mains sur ce coup, songea Phileas.

Sa femme le prit dans ses bras et le serra aussi chaleureusement que possible. Elle savait qu'il s'en voulait, que toutes ces morts pouvaient directement selon lui être imputées à l'existence du Club des Damnés même. Mais c'est parce qu'il oubliait tout ce que le Club avait fait en contrepartie. Elle savait qu'ils avaient sauvé des vies grâce à ses informations, et ils avaient pu arrêter bon nombre de personnes néfastes. Malheureusement, son mari ne pouvait accepter de ne pas prévoir les coups de ses ennemis. Et cela l'obsédait… Mais Adélaïde savait qu'il n'avait rien à se reprocher, surtout quand une folle avait fait le choix de tuer des gens innocents parce que son époux ne l'aimait plus. Alors elle décida de le détendre, de lui changer les idées en étant plus légère. En tant qu'épouse et cheffe, elle devait l'aider à surmonter cela, pour son moral, et parce qu'elle savait que quand elle pleurerait prochainement de ne plus revoir Eugénie et Pâris par exemple, il serait là pour elle.

— Au fait, bien joué avec Corie, annonça-t-elle pour changer de sujet. Tu l'as bien sautée, j'avoue, chapeau.

— Merci, déclara Phileas, et toi avec l'agent que tu voulais te faire, ça a fonctionné ?

— Tu parles, j'étais nue dans son lit mais il n'a pas réussi à aller jusqu'au bout. Il avait trop peur que tu le découvres et que tu le tues.

— Ah merde, s'exclama moqueur Phileas en décidant de se détendre aussi et de se vider l'esprit. Tu as réussi à l'astiquer un peu quand même ? À avoir quelques doigts ? Et alors ? Il en a une plus grosse ?

— Ouais vite fait, il m'a doigtée cinq minutes, puis il m'a un peu pénétrée et je lui ai fait une gorge profonde mais après il est redevenu mou. Et, oui, deux ou trois bons centimètres de plus que toi je dirais, mais je n'ai pas testé sa performance du coup.

— Arf, 1 — 0 alors ? ricana Phileas.

— Disons 1 — 1½, j'ai sauté Corie pour me venger.

— Elle est top hein ? approuva Phileas avec fierté.

— Ouais, ça se défend, lui répondit Adélaïde en lui faisant un bisou sur la joue et en le resserrant fort dans ses bras. Pour une première fois entre filles elle s'est bien débrouillée. Faudra d'ailleurs que je lui dise que c'était un jeu, je l'ai sacrément rabaissée pour pouvoir me la faire, elle était totalement détruite et je m'en veux un peu. J'ai vraiment fait ma garce.

— C'est bon, je l'ai fait, répondit Phileas. Elle me l'a raconté alors je lui ai tout dit. Elle m'a giflé, traité de tous les noms, et il faudra qu'on l'évite encore quelques semaines mais c'est réglé, elle sait que sa place n'a jamais été en jeu, que tu ne lui en veux absolument pas et que son copain n'en saura jamais rien.

— Ah, parfait, c'est cool ça. Et elle accepte toujours d'être ta secrétaire du coup, et de travailler aussi proche de nous ? Phileas expira avec une pointe de mécontentement.

— Mouais, on a fait la paix on va dire, mais elle a trois semaines de vacances en plus cet été, une augmentation de 5 % de son salaire et notre maison et notre yacht des Caraïbes pour les vacances.

— Ah elle sait s'y prendre, approuva impressionnée Adélaïde.

— Ouais, elle a tiré son épingle du jeu. Elle voulait 10 % au départ en plus de ses autres exigences mais je lui ai fait comprendre que si elle n'avait pas clairement voulu coucher avec moi au départ et tromper son copain rien de tout cela ne serait arrivé donc bon, elle va temporiser. Et puis elle ne le reconnaîtra jamais mais elle a pris son pied.

— Sauf qu'on l'a manipulée et qu'on a trahi sa confiance.

— Exactement, c'est à ce moment-là donc que j'ai dû sortir un bonus. Elle aura un bouquet de fleurs tous les jours sur son bureau, et je lui ai acheté un sac Prada hors de prix et un parfum tout aussi incroyablement cher.

— Je suis sûr qu'elle a dit qu'on ne pouvait pas l'acheter ou se faire pardonner avec de l'argent.

Phileas la regarda avec le sourire.

— C'est là que je lui ai rappelé qu'elle voulait une augmentation…

Adélaïde pouffa de rire.

— Prise à son propre piège ! Bien joué chéri. Bah elle nous pardonnera, c'est sûr maintenant, et tout redeviendra comme avant. Du moins autant que faire se peut quand on a couché avec son bosse direct et sa femme, le grand patron. Surtout quand celle-ci vous a fait croire qu'elle allait vous virer et tout balancer pour en fait vous sauter.

— Ouais, on verra bien. J'ai bon espoir en tout cas, et ça a mis du piment dans sa vie. Et puis surtout quand je vous verrai ensemble en réunion, j'aurai des idées plein la tête maintenant, s'amusa Phileas.

Adélaïde approuva d'un sourire, se rendit de son côté du lit et passa sous les draps.

— Par contre je me suis rattrapée, hein, parce que ça ne comptait pas trop au final, on est d'accord ?

Phileas se retourna vers elle et la regarda.

— On est d'accord, acquiesça-t-il avec malice. Tu as fait quoi alors ?

— J'ai sucé un type mignon de la compta dans un placard. J'ai avalé. Il a aimé, je pense, mais je lui ai dit que c'était un jeu entre nous et cela n'est pas allé plus loin. Et bien sûr j'ai ajouté que s'il en parlait à qui que ce soit je le saurais et que je l'expédierai en Asie. Pareil pour l'autre du coup hein.

— Okay, et quoi d'autre ?

— Qui te fait dire qu'il y a autre chose ?

— Allons chérie, tu me connais, sourit une nouvelle fois le maître des Reines.

Adélaïde lui tira la langue.

— Dis-moi d'abord ce que toi, tu as fait d'autre !

Phileas la regarda avec amusement.

— J'ai expliqué le jeu à Céline, et elle a accepté de me sucer dans sa voiture, dans le garage du *Service*.

— Tu t'es fait sucer par Céline Dru, la fille de ton pire ennemi ?

— Yep...

— Classe ! Et donc ?

— Bah elle m'a dit qu'elle n'irait pas plus loin que ça, mais que j'aurai le droit à une intégrale. Sauf qu'au moment fatidique, quelqu'un est entré dans le garage et elle a pris peur et s'est relevée, du coup elle a tout pris au visage.

— Tu lui as fait une faciale ? s'exclama abasourdit Adélaïde. Cela là faudra la raconter à Dru quand on le choppe !

— C'est net ! Bref, du coup ben elle a avalé pour se nettoyer mais ce n'était pas ce qui était convenu, donc j'ai marchandé pour avoir plus, et elle a accepté. Elle m'en a refaite une le lendemain en frottant ses seins dessus et elle a tout pris en bouche et a avalé.

— Okay, pas mal, j'avoue que là c'était du bon, tu domines.

Philéas l'admira dans son débardeur cachant à peine sa poitrine et sourit.

— Et j'ai couché avec Mélisande aussi. Elle était bourrée et voulait me sucer à tout prix alors je l'ai laissée faire. Puis on a trouvé Eugénie et Pâris… alors quand elle pleurait dans la chambre d'amis je l'ai réconforté et on a fait l'amour en tâchant de ne pas vous alerter.

Adélaïde accepta de la tête, consciente de la détresse de son amie.

— Bien, si elle en avait envie et avec tout ce qu'elle a traversé, tu as bien fait.

— Et toi donc ? demanda-t-il alors.

Adélaïde ricana.

— J'ai demandé à Wanda si elle acceptait que Jarod me nique.

— T'es sérieuse ? rigola Philéas. Excellent, pas mal j'avoue même, et ça a donné quoi ?

— Elle m'a répondu texto : « sans soucis, mais dans ce cas, j'ai le droit de me faire défoncer par papa ! »

— Ah ouais, quand même, rigola moins Philéas.

Adélaïde lui adressa un gros sourire moqueur.

— Donc, sache que tu peux te faire sucer par ta fille si tu veux, et même lui faire tout ce que tu veux, mais qu'en retour, Jarod va me sauter.

— Euh, mouais, moyen d'un coup le jeu.

Adélaïde ricana de plus belle en sortant du lit.

— Je reviens, j'ai oublié de regarder le courrier.

Elle passa près de lui et lui susurra à l'oreille.

— Si ça se trouve, j'ai déjà couché avec Jarod, et tu peux te la faire…

Elle sortit de la chambre et descendit les marches de l'escalier quatre à quatre.

— Et tu te crois drôle ? Je n'ai pas envie de sauter Wanda !

— Tu parles Charles ! Arrête, elle te fait bander à mort ! hurla Adélaïde. Et puis ce sera une nouvelle expérience ! Je te rappelle qu'au regard du droit français, ce ne serait pas un délit si c'est consenti !

— Eurk…

Phileas retira son pull et son pantalon. En boxer et tee-shirt, il était prêt pour se coucher.

— J'avoue que l'idée pourrait être sympa, pour le plaisir de l'expérience interdite et si j'étais un gros pervers, mais c'est immoral et ce serait franchement répugnant, tu ne crois pas ? s'exclama-t-il en entendant Adélaïde remonter.

Il se retourna vers elle pour attendre sa réponse. Mais elle apparut sérieuse, les yeux rivés sur une enveloppe, et il effaça immédiatement leur jeu de son esprit.

— Ça ne va pas ? demanda-t-il.

— Il y a un pli de Moscou, annonça-t-elle d'une petite voix.

— Étonnant, se surprit Phileas.

— Cela doit être envoyé par *double-zéro huit*, s'exclama Adélaïde. Il ne doit pas vouloir que cela passe par les communications traditionnelles.

Adélaïde ouvrit l'enveloppe et en sortit une feuille de papier blanc sur laquelle était noté un bref message.

*« Des hommes de l'Organisation sont venus me voir. Simplement pour que je vous transmette ça. Je suis grillé et vais rentrer en France, mais cela en vaut la peine. »*

Adélaïde tendit la lettre à Phileas et sortit de l'enveloppe le reste de son contenu, une photographie de format A4. Le cœur rond et lourd, ses yeux s'emplirent immédiatement de larmes en la regardant. Un sourire aux lèvres, la main devant la bouche, elle pleura alors de joie.

Souriants, heureux et en bonne santé, leurs deux enfants étaient dessus, âgés de presque deux ans. Adrien avait les cheveux bruns coupés au bol et portait une salopette bleue sur un polo orange. Il tenait sa sœur dans ses bras, vêtue elle d'une robe mauve et coiffée de deux nattes et d'une fleur. Assis sur l'herbe par une belle journée, visiblement en bonne santé, ils semblaient heureux. Ils étaient magnifiques, les plus beaux enfants du monde.

Adélaïde tendit la photo à son mari.

— Adrien a mes yeux et Jean te ressemble beaucoup…

La jeune femme essuya ses larmes. Ils regardaient l'objectif avec sourire, heureux mais dans leurs yeux Adélaïde aurait pu jurer voir qu'ils leurs manquaient aussi. Mais en tout cas ils étaient vivants, et ils allaient bien, et elle les retrouverait, elle le jurait.

Phileas la prit dans ses bras. Leurs enfants étaient vivants et en bonne santé. Pour ce soir, c'était tout ce qui comptait.

FIN


À suivre dans
*Ingérence*

www.ingramcontent.com/pod-product-compliance
Lightning Source LLC
Chambersburg PA
CBHW051818150726
47998CB00001B/196